光文社文庫

文庫書下ろし／長編時代小説

女院の密命

緋桜左膳よろず屋草紙（一）

篠　綾子

光　文　社

この作品は、光文社文庫のために書下ろされました。

『女院の密命　緋桜左膳よろず屋草紙（一）』

目　次

女院の密命

緋桜左膳よろず屋草紙（一）

第一話　猫また

一

目の前には、満開の桜が我が物顔で四方八方、枝を伸ばしている。桜の木の下に立って天を見上げれば、薄紅色の花で目路《めじ》が塗りつぶされるようだ。そのわずかな隙間《すきま》にのぞく空の青がことさらまぶしい。

「きれいね」

この国で最も高貴な少女が溜息《ためいき》でも吐《つ》くように小さく、上品に呟《つぶや》いた。

まったくその通りだと、左膳《さぜん》は思う。

満開の桜と雲一つない青空はまさに絶景だ。それでも、少女の目に入る景色は桜と空だけであり、その木陰《こかげ》に佇《たたず》む己《おのれ》の姿は見えていない。

だが、左膳にはすべて見える。桜も空も少女自身の美しさも。そのすべてがそろって、美は完成する。酔ったようにそう思っていると、

「……ぜん、左膳」

少女から名を呼ばれて、左膳は我に返った。

「四阿《あずまや》で休みましょうか」

少女が微笑《ほほえ》みながら言ったその時、

「にゃあぁ」

猫の鳴き声が聞こえてきた。桜の木の東側にある大きな池のほとりを、真っ白な毛並みの仔猫《こねこ》が歩いている。

「まあ、かわいらしい。こちらへおいで」

少女の優しい声につられ、仔猫はゆっくりと近付いてきた。さほど警戒することもなく抱き上げられたその猫に、少女は花がほころぶように笑いかける。

少女は仔猫に「玉緒《たまお》」という名を与え、そばに置いて慈《いつく》しみ始めた。

だが、猫は人に懐《なつ》かないものだという。少女の周りの人々は猫を飼うことに、あまりよい顔をしなかった。左膳もまた、いずれ少女が悲しい思いをするのではないかと案じていた。

そんな折も折、玉緒は急に姿を消した。少女が飼い始めて、ひと月余り後のことであった。

「玉緒、玉緒ー」

飼い猫の名を呼ぶ少女の細い声が、耳に痛い。左膳は庭に飛び出した。

晩春の頃、小雨がしとしとと降っていた。左膳はまず、玉緒を見つけた大池のほとりへ出向いた。桜の木は瑞々《みずみず》しい若葉をつけており、池の水面《みなも》は降り注がれる雨粒の波紋で揺れている。

桜の木の下、四阿の縁の下など、一通り見て回ったが、玉緒はいなかった。左膳とて、それほど容易《たやす》く見つけられると思っていたわけではない。

だから、桜の木の下に戻ってきて、池の端に白い影が動くのを見出した時には、息が止まりそうになった。ただし、それは期待していた白猫ではなかった。世にもめずらしい、幼い白亀であった……。

「亭主よ。これ、起きぬか」

「ご主人、お客さまですよ」

肩と頰杖《ほおづえ》をついていた腕を揺さぶられて、高槻《たかつき》左膳ははっと目を覚ました。

目の前にいたのは、男二人。一人は左膳の店の常連、侍の山村数馬《やまむらかずま》で、もう一人は雇《やと》い人《びと》の柏木右京《かしわぎうきょう》だ。

「夢……だったか」

思わず漏れた呟きを聞き留めた右京が、「しっかりしてくださいよ」と遠慮のない物言いをする。主人と雇い人とはいえ、二人とも浪人の身。その上、左膳がこの店――よろず屋「玄武《げんぶ》」を始めたのは半年前であったから、ふつうの商家のような厳しさとは無縁であった。

「まったく。亭主が居眠りとは、大した店だ」

客の山村が手ぬぐいで水滴を拭いながら、あきれている。外は雨降りだった。誰も口を利《き》かなければ、雨音が絶え間なく聞こえてくる。

そうだ。この雨音を聞いているうち、眠りに誘い込まれたのだったと、左膳は思い至った。だから、あの日のことを夢に見たのだろうか。雨に降られた御庭《おにわ》で、白い亀を見つけたあの日のことを――。

「それにしても、相変わらず客のいない店だな」

山村が遠慮のない言葉を吐いた。

山村は三十代半ばの侍で、八丁堀《はっちょうぼり》の武家屋敷で暮らしている。敷地内に建てた長屋を浪人やら医者やらに貸して、銭を稼いでおり、右京はその店子《たなこ》でもあった。その縁でこのよろず屋に立ち寄ってくれるのはありがたいが、店子の右京ばかりでなく、左膳にも兄貴風を吹かせたがるところがある。

今年で二十九歳になる左膳より、山村の方が年上だから、それはかまわないのだが……。

「亭主よ。この調子でやっていけるのか」

山村の目に本気の色が混じっていることに気づいて、左膳は少し驚いた。よほど儲《もう》かっていないと思われているようだ。

よろず屋玄武は、要するに荒物屋《あらものや》である。薦《こも》に渋紙《しぶがみ》、浅草紙《あさくさがみ》、草鞋《わらじ》、蠟涙《ろうるい》など暮らしに欠かせぬ荒物を売り、それだけでは大した利にならないので、「御頼《おたの》みごと、よろづ承《うけたまわ》り候《そうろう》」と張り紙を出していた。どんなことでも――草むしりから子守に届け物まで、ちょっと手が要《い》るけれど、頼む相手がいないという人のため、よろず請け負《お》うと標榜《ひょうぼう》しているのだが、実のところ、依頼の客はあまりいない。

「まあ、頼みごとの方はさっぱりですが、荒物を買っていくお客さまはおられますので」

紙や草鞋はなくなったり傷《いた》んだりすれば、必ず新品を買い求めるものだ。それゆえ、左膳はさほど心配していなかったが、山村からすれば、そういうところが不慣れな商いに手を出した浪人者の危なっかしさと映るらしい。

「この家を貸している大家は私の知り合いなものでな。もちろん、今のところ家賃が滞っていないことは知っているがね」

山村は大家のことを心配しているようだ。

左膳が借りているこの二階家は、一階をよろず屋、二階を左膳と妹おちかの住まいとして使っている。大家は山村と同じく八丁堀に暮らす侍だった。

（大家にしてみれば、貸家の商いがうまくいっていなけりゃ心配にもなるか）

もしかしたら、山村は大家から様子を見てきてくれと頼まれたのかもしれない。

「そこで、亭主よ。一つ案がある」

と、山村は急に言い出した。

「その『御頼みごと』を増やす策だ」

山村は「御頼みごと、よろづ承り候」の張り紙にちらと目をやり、自信ありげに言う。

「頼みごとをする客がおらぬのは、そもそも持ちかける相手が他にいるからだろう。つまり、奉公人であれば主人や番頭がおり、長屋の店子であれば大家や差配人がいる。たいていの悩みや厄介事《やっかいごと》は、そちらに持ちかければ事足りる」

山村の言うことはもっともなので、左膳はうなずいた。誰だって、馴染《なじ》みのない店の主《あるじ》に金で仕事を頼むより、顔馴染みの上役や差配人に頼む方が心安いはずだ。

「だがな、中にはまことに厄介な悩みを抱える者もおる。身近な人には知られたくない者とていよう」

「確かに、そういう人はいるでしょう」

ただし、その人たちの耳によろず屋の話が入らなければ、ここまで来てはくれない。左膳がそのことを口にすると、山村もまったくその通りだとうなずいた。

「つまりは、供する者と求める者とがつながっておらぬわけだ。そこでだ。まずは、私がそのつなぎ役をしてやろうではないか」

「山村さまが——？」

左膳は驚きの声を上げた。右京も、声こそ上げなかったが目を瞠《みは》っている。

「まあ、八丁堀には長屋を建てて大家となる侍も多い。かく言う私もその一人だ。雑務は差配人に任せておるが、差配人の手に余る問題を持ち込まれることもある。

そうした話を耳に挟んだら、ここへ案内してやろう」

「悪くないお話ですが、山村さまにはどんな利があるのでしょう」

左膳ははっきりと尋ねた。山村を頭から疑うわけではないが、その狙いが分かるまではうっかり話に乗るわけにはいかない。

「ふむ、用心深いな。だが、大事なことだ」

山村は感心した様子で言った。

「私にこれという利はない。よもやおぬしらから稼ぎの一部をかすめ取ろうとも思わぬしな。だが、私としては知り合いに恩を売れるという利がある。おぬしらにも恩を売れる」

「しかし、私どもが山村さまにして差し上げられることがあるとも思えませぬ」

「少し値引きをするくらいのことは、してくれてもよかろう」

山村はわざと渋面《じゅうめん》を作ってみせる。

「それは、もちろんでございますが……」

左膳も苦笑いを浮かべた。

「そのようなことでよろしいのですか」

「まあ、その話はおいおいしよう。私のお蔭で、この店が八丁堀一繁盛でもするようになったら、取り分について口を出させてもらうかもしれぬ」

「その時は、もはや山村さまの仲介は要らなくなると思いますが」

それまで黙っていた右京が、皮肉っぽく口を挟《はさ》んだ。大家である山村に対し、やや失礼な言い草だが、右京はいつもこのような感じなので、山村もいちいち気にしたりしない。

「ぜひそうなってほしいものだ。では、亭主よ。実は一つ、心当たりの話があるゆえ、近いうちにこちらを訪ねるよう、言ってもかまわぬか」

山村はさっさと話を進めた。

「分かりました。山村さまにお任せいたします」

「もちろん、話を聞いて、引き受けられぬと思った時は断ってくれればよい。その旨《むね》は伝えておく」

「承知いたしました。よろしくお願いいたします」

と、左膳が頭を下げたところで、店の表の戸ががらがらと音を立てて開いた。

入ってきたのは若い娘——左膳の妹おちかである。

「ああ、雨に降られてしまったわ」

手ぬぐいで頭を覆《おお》っていたようだが、小袖《こそで》や髪から雨の滴《しずく》がこぼれている。

「おちか、お客さまの前だぞ」

左膳がたしなめると、

「あら、山村さま。いらっしゃいませ」

と、おちかは晴れやかな笑顔で挨拶《あいさつ》した。

「うむ。そなたも雨に降られたか。生憎《あいにく》であったな」

山村が目を細めて言葉を返す。

左膳と年の離れたおちかは、今年で十八。裕福ではないため贅沢《ぜいたく》な装いはしていないが、人目を惹《ひ》く容姿は持ち合わせている。今も、蘇芳《すおう》の地に白梅を散らした小袖姿のおちかが入ってくるなり、店の中は一気に華やぎを増した。

「では、私はこれで失礼する」

山村はおちかに向けていた目をそらし、踵《きびす》を返した。

「右京、山村さまに傘を」

左膳はすかさず言い、右京が傘を取りに行くのに続いて、おちかも中へと姿を消した。

「かたじけない」

山村は鶯《うぐいす》茶《ちゃ》色の傘を受け取ると、小雨が降る中、帰っていった。

二

よろず屋玄武に山村を通した客が現れたのは、雨の日から五日後のことであった。

「ここ、よろず屋さんだよな。頼みごとはよろず引き受けてくれるって」

藪睨《やぶにら》みの男は左膳と同じくらいの年齢と見える。紺鼠《こんねず》色の絣《かすり》の小袖は若干くたびれていた。

「山村さまの名を出すように、差配の五郎八《ごろはち》さんから言われてる」

「さようでしたか。私どもも山村さまから話はお聞きしております」

左膳が応じると、せかせかした調子でしゃべる男は少し安心したようであった。

「俺は、岡崎町《おかざきちょう》の長屋に暮らす勘助《かんすけ》ってもんだ」

「ようこそ、お越しくださいました。私はこのよろず屋玄武の主で、高槻左膳と申します。こちらは柏木右京。ひとまず、奥の部屋でお話を聞かせていただこうと思いますが、よろしいですか」

「ああ、かまわねえよ」

勘助はちらりと右京を見やってから、再び左膳に目を戻して答えた。

「それでは、中へどうぞ」

左膳は帳場から立ち上がり、勘助を沓脱石《くつぬぎいし》のある方へ誘導した。他には客もいないので、いったん暖簾《のれん》を下ろすよう、右京に伝えておく。少しばかり店を閉めたところで、客から文句を言われるほど繁盛はしていないので障《さわ》りもないだろう。左膳は勘助を客間に通した後、二階にいたおちかに声をかけ、茶の支度をするよう申し付けた。

それから、ややあって客間に勘助を含めた四人がそろった。

「どうぞ」

おちかがしずしずと差し出した茶碗を勘助は片手で持ち上げると、ぐいっと呷《あお》った。おちかが形のよい眉をひそめたが、勘助はまったく気づいていない。

おちかを勘助に引き合わせてから、右京とおちかも一緒に話を聞いてかまわないかと尋ねると、勘助は承知した。

「それでは、お話しください」

左膳が促すや否や、待ってましたとばかりに勘助が口を開く。

「俺は、さっきも言ったが、岡崎町の組屋敷内にある長屋暮らしだ。差配人は五郎八っていう禿頭《はげあたま》の爺《じい》さんでな。無理な取り立てはしねえし、悪い人じゃねえんだが、ちっとばかし、優しすぎる。いや、はっきり言って気が弱いんだ。頼りにならねえ」

勢いよく語り出したわりに、どうも本題からそれている。とはいえ、とりあえずは勘助の話したいように話させようと、左膳は黙っていた。

「最初は差配さんに話をしたんだ。けど、折を見て話をするとか、今のところ障りはないから大丈夫だとか、頼りにならねえ言い訳ばかり……」

放っておくと、差配人への陰口《かげぐち》が延々と続きそうである。

「つまり、勘助さんは、お住まいの長屋に関わることで悩んでおられるというわけですか」

勘助の話がわずかに途切れた隙《すき》を縫って、左膳は尋ねた。

「ああ」

片方の目だけが左膳を睨《にら》みつけてくる。

「俺の隣に住む男の話だ」

「お隣の住人が、勘助さんを悩ませているということですね」

「……ああ」

勘助が今までよりずっと低い声で答えた。

「お隣さんは何をしたのですか」

「奴は……猫またを飼ってやがる」

勘助は大真面目《おおまじめ》に告げた。目には怒りと恐怖の色がはっきり浮かんでいる。

猫またとは、猫の妖《あやかし》、化物のことだ。何十年と生きた老猫が猫またになるなどと言われているが、人を食らうという恐ろしい化物である。

猫またの怪異話はよく聞かれるものだが、それを信じるか否かは別として、そもそも猫またが人に飼われることがあるのだろうか。そのようなことを左膳が考えているうち、勘助の独り言も続いていた。

「あいつは、猫またに猫を食わせているんだ。毎晩毎晩、死にかけた猫の悲鳴が聞こえてくる。俺はそのせいで頭がどうにかなりそうだってのに」

勘助は込み上げる怒りと不安のせいか、拳で自らの太腿《ふともも》を力任せに叩きつけた。

「まあ、落ち着いてください」

左膳は慌《あわ》てて声をかける。

「猫の悲鳴とはただならぬ話ですが、それなら他の住人さんたちもお困りでしょう」

「隣の野郎は奇峰《きほう》っていうんだが、いちばん端の部屋なんだ」

「奇峰とは変わったお名前ですが、俳人か絵描きさんで？」

「いや、元は医者をやってたとか、差配さんが言ってたな。今は何をやってんだか」

勘助が隣人の陰口を叩き始める前に、左膳は話を元へ戻した。

「つまり、奇峰さんのお隣は勘助さんのお宅だけ。他の部屋には聞こえていないということですか」

「他の奴のことは知らねえよ。でも、毎晩猫の悲鳴を聞かされる俺の身にもなってくれ」

「お気持ちは分かります。ところで、お隣さんが飼っている猫またをご覧になったことはありますか。猫またの鳴き声をお聞きになったことは？」

「……猫またなんか、恐ろしくて見られやしねえよ」

勘助は左膳から目をそらし、唸《うな》るように言った。

「猫またの声は、毎晩聞こえる猫の悲鳴に混じってるんだろ。区別なんかつくもんか」

「しかし、それほど恐ろしい声なら長屋中に聞こえるはず。あなたの空耳《そらみみ》なのでは？」

それまで黙っていた右京が淡々と言う。勘助が顔を上げ、右京を睨みつけた。

「空耳なわけがねえ。あんな身も凍りつくような鳴き声が……」

そう言うなり、勘助は今もその声が聞こえるかのように、両耳をふさいだ。

「勘助さん……」

左膳は穏やかな声で呼びかけ、勘助の方に少しだけ膝を寄せた。その時、勘助が耳に当てた手を不意に下ろし、「そうだ」と急に声を上げた。

「あいつは血まみれの猫を抱えてた。俺だけじゃねえ、長屋の他の連中も見ていたはずだ」

「その時、声をかけなかったのですか」

「かけたさ。けど、奴は元から人付き合いの悪い男で、挨拶もろくにしねえ。その時も返事はなかった」

猫の悲鳴が聞こえるようになったのは、それ以降のことだと言う。もちろん、差配人に相談する前、奇峰に直談判《じかだんぱん》しようとした。しかし、戸口から呼びかけても居留守を使われ、出てきた折につかまえても、話を聞いてもらえなかったと、勘助は真剣に訴える。

「あの猫もきっと猫またの餌《えさ》にされたんだ」

「猫または猫ではなく、人を食うと言われてるんですがね」

再び右京が口を挟んだ。が、この時は勘助の耳にも入らなかったようだ。

「とにかく、あいつの部屋を調べてくれ。あいつを改心させるか、長屋から追い出してくれりゃいい」

勘助は左膳に向かって頭を下げ、懸命に訴えた。話に水を差す右京と、端《はな》から興味のなさそうなおちかには何を言っても無駄と思ったらしく、左膳だけに縋《すが》りついてくる。

「お話は承りました。子守や草むしりならもっとお安いのですが、その枠からはみ出たお頼みごとは一応、手間賃を含めて一貫文《かんもん》(約一分《ぶ》)と定めております。手間の中身によって多少上下しますが、おおよそはそのくらいと思っていただければ」

勘助は顔を上げてうなずいた。

「分かった。長屋全体の揉《も》め事だって分かれば、大家さんが払ってくれると言われてる。出してくれなきゃ俺が払う」

「では、お引き受けできるかどうか、私どもの方でも考えさせていただきまして、数日のうちにお宅へお返事に伺《うかが》いますよ」

左膳は勘助の肩をぽんぽんと叩き、「さ、お客さまをお送りして」と右京とおちかに告げた。なおも左膳に念を押したそうな勘助を、右京が「さあ、どうぞ」と外へ連れ出す。

面倒そうに立ち上がったおちかが二人の後についていき、がらがらと表の戸を開《あ》け閉《た》てする音が聞こえてきた。左膳は座ったまま腕組みをしてじっと待つ。

ややあって、右京とおちかが戻ってきた。

「暖簾は？」

「まだ下ろしてありますが、店、開けますか」

右京の問いに「いや」と左膳は言い、右京とおちかを見つめて、にやっと笑った。

「今日はもう店はいい。そして、ここからは素《す》でいこうじゃないか」

右京とおちかの表情がにわかに変わる。

左膳と右京とおちか、三人は互いにじっと見つめ合った。

「それでは、改めまして」

最初に口を開いたのは、おちかであった。左膳と右京の前に正座して深々と頭を下げ、

「これよりは、左膳さま、右京さまと呼ばせていただきます」

と、先ほどまでとは声色さえ変えて、丁重に述べた。

「うむ。いつものことだが、我々にそうかしこまる必要はないぞ、周子《ちかこ》殿」

「いえ。日頃が日頃ですから、こういう時はきちんといたしませんと」

ふだんとはまるで別人のような態度に表情、そして口の利き方。だが、これこそがおちか――たった今、左膳が周子と呼んだ女の真の姿であった。

左膳と右京も同じく、ふだんは素性を偽って暮らしている。

高槻左膳――その本名は、高階《たかしな》左膳。
柏木右京――その本名は、桂木《かつらぎ》右京。
おちか――その本名は、蔭山《かげやま》周子。

左膳と右京は名字を変えた上、浪人者となり、おちかは左膳の妹となったが、それらはすべて見せかけの素性。左膳とおちかは兄妹などではない。

三人の本性は、京から江戸へやって来た朝廷側の間諜《かんちょう》であった。

その職務はいわゆる標的の調査と監視――。京では彼らのことを「窺見《うかみ》」と呼ぶ。

この国に初めて未婚の女帝が立った時――今から千年以上も前のことであるが、朝廷はひそかに「窺見の家」を作った。

左膳の本姓である高階氏、右京の本姓である桂木氏はいずれも、かつて表の世から消え、裏で帝《みかど》の一族を守ることを任務とする家門《かもん》である。本来なら公家《くげ》の一門として、しかるべき官職に就くべきところ、そうした表の世での出世や名誉を捨て、陰《かげ》の家門となった。

いわゆる身分や地位を持たず、人の目に触れる記録には載らないし、檀那寺《だんなでら》も持たない。

代々の当主は、帝の左右を守るという意から、高階氏が「左」、桂木氏が「右」を名にいただく。左膳、右京という名はその慣例により付けられたものだ。

一方、おちか――蔭山周子は二人とは少し事情が違う。

蔭山の家は地下《じげ》――五位以上の殿上人《てんじょうびと》にはなったことのない下位の公家である。その家に生まれた周子は下位の女官、いわゆる下働きとして御所に出仕し、帝の皇女——それも内親王《ないしんのう》のそば仕えとなった。

そうこうするうち、左膳と右京の江戸下向が決まり、周子はその手助け役として選ばれた。蔭山家は高階家や桂木家と違い、表の世に存在する家門であるが、家門の中で選ばれた者が高階家や桂木家の配下となる先例があった。周子はその才があると見なされ、窺見としての訓練も受けていたため、抜擢されたのである。

この時、女官の蔭山周子は公には死んだ——ことにされた。

こうして、もとから表の世に存在しなかった高階左膳と桂木右京、および表向きは鬼籍《きせき》に入った蔭山周子の三人は、高槻左膳、柏木右京、おちかとして、江戸の八丁堀にやって来たのである。

なぜ八丁堀なのかといえば、この地に標的が身を潜めているからなのだが、ここで暮らし始めて半年、まだ標的とは直《じか》に接触していない。もちろん気づかれないように監視はしているが、直に関わりを持つためには慎重を期す必要があった。

「これから話すのは先ほどの臆病者の一件か」

右京がふだんとあまり変わらぬ、冷静な物言いで問う。

素の自分とはまったく違う女を演じているおちかと違って、右京の素はふだんの姿とかなり近い。もっとも明らかに違うところもある。それは、左膳への口の利き方だ。

雇い人が主人に丁寧《ていねい》な話し方をするのは当たり前で、ふだんの右京はそうしている。だが、本来、高階家と桂木家は同格であり、どちらが上も下もない。ただ、左膳の方が二つ年上のため、この江戸での取りまとめ役となっているだけだ。

「さよう。先ほどの客、勘助さんの件について話し合いたい」

左膳の口の利き方も、素に戻れば、多少堅苦《かたくる》しくなる。堅苦しいのが素というのも妙なものだが、左膳としてはこちらの方が落ち着くのだ。京で過ごしていた頃、左膳の上に立ち、命令を下すのは帝とその一族のみ。高階家や桂木家は一般の公家《くげ》ではないが、家風や振る舞いは公家と同じである。

気安い口の利き方は、江戸のよろず屋の主人らしく見せかけるため、あえて身につけたものであった。町家の生まれに偽装すると、ぼろが出るかもしれないというので、浪人者が金を得るため店を出したというふうに繕《つくろ》ったのだが……。

「では、この一件は受けるということでかまわぬかな。私としては、山村数馬殿との間に培《つちか》ってきた信頼を損なわぬためにも、受けた方がいいと思っているが……」

「かまわない」

「私も受けるべきだと思います」

右京とおちかがそれぞれ言う。

「ひとまずは勘助さんの長屋へ足を運んで、隣人と話をしなければならないが、それは私が引き受けよう」

左膳の言葉に、右京とおちかは黙ってうなずいた。

「その前にしてもらいたいことがある」

右京がすっと目を細くし、おちかがきゅっと唇を引き結ぶ。

それから、左膳は二人にそれぞれの為《な》すべきことを述べた。本来の仕事に比べれば、あまりに難度の低い仕事だろうが、失敗は許されない。こうしてこの土地で積み上げていく信用が、本来の仕事の成功を助けてくれるものだということは、誰もがよく理解していた。

「分かった」

右京が言葉少なにうなずき、

「かしこまりました」

おちかが恭《うやうや》しい態度で頭を下げる。この依頼の背景が判明したら追って新たな任務を伝えるとの言葉にも、右京とおちかはすぐさまうなずいた。

「では、この一件、よろしく頼む」

左膳は信頼厚き二人の仲間に励ましの声をかけた。

三

左膳が依頼主である勘助の長屋へ出向いたのは、それから五日後のことであった。勘助の部屋を訪ねるでもなく、まずは勘助および奇峰の部屋の位置を確かめ、両方が見える場所——長屋から五間《ごけん》（約九メートル）ばかり離れた梅の木陰に身を寄せた。二月半ばの今、花の終わった梅の木は若葉をつけ始めている。

左膳はその場に佇《たたず》み、見張りを続けた。自らを無きがごとく、その場の景色に溶け込ませる——窺見として生きてきた左膳にとって、決して難しいことではない。一日この場で見張りを続けよと命じられたとしても、遂行するだけの自信はあった。

（気配を消すことに関しては、あいつには敵《かな》わないがな）

と、相棒の顔を思い浮かべる。

右京は左膳と違い、本当に人々の目から自分の姿を消す——人々の目に触れない状態にすることができた。左膳ができるのは身を潜め、呼気をできる限り抑えて、目立たなくするところまでだ。時が経《た》てば経つほど、左膳自身の集中力が続かず、人目に付きやすくなるという難も抱えている。

しかし、右京の桂木家は陰陽道《おんみょうどう》に通じた家柄で、独自に編み出した術もあるらしい。この姿を消す術は桂木家の者だけに伝えられる秘技だそうで、左膳が習得することは叶《かな》わなかった。

以前「どうやって姿を消すのだ」とその術の仕組みについて尋ねた時、右京は「本当に消えるわけではない」と答えた。実際にはそこにあるのに、人々がそれを心に留めないように目をくらませるのだとか。

右京の特技は窺見として優秀なもので、難しい見張り役には最適だ。とはいえ、今回は大した仕事ではない。ただ両者の部屋を見張りつつ、奇峰が部屋を出てきた機を逃さずに話を聞く、というだけのことだ。

左膳が見張りを始めてから、半刻《はんとき》（約一時間）余りが経った頃、長屋の前の空き地に動きがあった。

（あれは……）

左膳は思わず目を凝《こ》らした。こんなところでお目にかかるとは思わなかったものが地面を這《は》っている。

小さな亀だ。どこから現れたのか、迂闊《うかつ》にも左膳は見逃していた。唐突に、左膳が見張っていた目路《めじ》の中に入ってきたのだ。

ふと、遠い昔、御所の御庭で見つけた白亀のことが思い出された。あの亀は仕えていた少女に献上した。

白い獣《けもの》はただでさえ珍重《ちんちょう》されるが、それが長寿の亀ともなればさらにめでたい、と皆が言い合った。少女が玉緒と名付けた白猫はついに見つからなかったが、その寂しさはこの白亀が埋めてくれたようだ。少女は亀に「白妙《しろたえ》」という名を授け、可愛がり始めた。白妙は左膳が京を離れる時にもまだ飼われていたが、今頃どうしているだろう。

左膳がほんの少しの間、追憶に浸《ひた》りかけていると、ちょうどそこへ騒がしい声と物音が聞こえてきた。亀が這う長屋の空き地に、三人の子供たちがわらわらと駆け入ってきたのだ。どの子も十歳になるかならずといったところか。

「あ、こいつ。前にも見たことあるぞ」

子供たちは、木陰に佇む左膳には気づかなかったが、亀にはすぐに気がついた。

「海坊主《うみぼうず》が従えてる亀だ」

「ちがう。あいつは山男だぞ」

海坊主と山男ではまるで正反対だが、とにかく一人の人物のことを言っているらしい。亀はその怪人と縁があるようだ。

「こいつ、化けられるんだぜ」

男の子の中の一人が急に言い出した。

「本当かよ」

別の子供がしゃがみ込んで、亀を突《つつ》いている。左膳の位置から亀の姿は見えなくなったが、「こいつ、隠れやがった」などという声が聞こえてくるので、甲羅《こうら》に首を引っ込めたのだろう。

「どうすれば化けるかな」

「水をぶっかけてみたら？」

「亀はふつうに水の中を泳ぐだろ。熱い湯がいいよ」

「土に埋めたら本性を現すんじゃないか」

亀が化けるところを見てみたい、という気持ちが子供たちを突き動かしているようだ。それにしても、どうして亀にそこまでの仕打ちをしたがるのか。

左膳の脳裡《のうり》に、再び懐かしい白亀の姿が浮かんだ。瑞兆《ずいちょう》と言われ、この国で最も高貴な場所で大切に飼われている白亀に引き換え、目の前の亀はあまりに哀れだ。

そのうち、二人の子供が駆け去っていったが、戻ってきた時には一人が火打石を、もう一人が鎌を持っていた。

（これ以上は見過ごせぬ）

左膳は覚悟を決め、足を踏み出した。

「おい、そこの……」

と、言いかけたその時、それまで動きのなかった長屋の端の戸が開いた。左膳が見張っていた奇峰という男の部屋である。

「やめないか。弱いものをいじめるのは罪なことだぞ」

三十代から四十代くらいの男が一目散に駆け寄ってきた。年齢が分かりにくいのは、坊主頭に短い毛が突き立ち、髭《ひげ》は生やし放題という、見るからにむさくるしい風貌をしているからだ。

わーっと声を上げて、子供たちは逃げていき、亀と鎌は置き去りにされた。

「海坊主が亀を助けに来たぞ」

「あいつは山猫を飼ってるんだぞ。山男だ」

子供たちが少し離れたところで騒いでいる。

この男こそ、海坊主だの山男だのと言われる当人だったようだ。しかし、たいそうな異名のわりには、子供たちから侮《あなど》られているように見える。

「まったく」

男は子供たちの声には取り合わず、まず亀を持ち上げた。

「大事《だいじ》ないか。勝手に出ていっちゃ駄目じゃないか」

亀に向かって語りかける髭男《ひげおとこ》の口ぶりは、たいそう優しかった。亀がひょこっと首を出す。

「あの、お取り込み中のところ、すみませんが」

今は亀しか目に入らぬという様子の男に、左膳は声をかけた。

「私は幸町《さいわいちょう》でよろず屋を営んでいる高槻左膳と申します。ちょっとした用向きで通りかかったんですが」

左膳の方から名乗ると、男は無愛想《ぶあいそう》な表情ながらも口を開いた。

「あー、俺は雨宮《あまみや》奇峰という。前は医者をやってた」

この男が勘助の話に出てきた隣人で間違いない。左膳は何も知らぬふうを装い、

「獣を治すお医者さまで？」

と、見当外れな問いを投げかけてみた。奇峰は苦虫《にがむし》を嚙み潰したような顔になる。

「医者をやってた時は、人を診《み》てた。辞めた今は、人じゃない生き物を診てるんだ」

亀も治したのかと問うと、奇峰はうなずいた。その亀は川岸で弱っていたのを見つけ、連れてきて介抱したそうだ。元気を取り戻したので、元の場所に帰してやろうと思っていた矢先、姿が見えなくなっていたのだという。

子供たちから海坊主や山男と呼ばれている理由については、自分が怪我をした獣などを連れ帰ってくるのを見て、勝手なことを言い出したのだろうと、つまらなそうに答えた。

「誤解を解かないでよいのですか」

子供たちの言葉は親の口真似という見込みも高い。つまり、この長屋で奇峰は皆から変人扱いされているということだろう。

「俺が何か言ったって無駄だ。差配さんが親たちによく言っておくということだったが……」

「なるほど、差配さんが動いてくださったのですね」

左膳は奇峰から子供たちの方へと目を向けた。左膳と目の合った子供たちが、ほんの少し怯《ひる》んだような様子を見せたのも束の間、すぐに奇峰に向けて、「やい、山猫を出してみやがれ」だの「亀を化けさせろ」だのとはやし立て始めた。どう見ても、差配人の力がうまく働いているとは思えない。

「あなたも医者であったのなら、人であれ獣であれ命を大切にすることを、あの子たちに教えてやるべきではありませんか。でないと、あの子たちはこれからも小さな獣をいじめ続けますよ」

左膳は奇峰に目を戻すと、その顔をまっすぐ見つめて告げた。

「ついでに申し上げれば、海坊主の何のと侮られたままでは、あなたの言葉を子供たちは真面目に聞かないでしょう」

奇峰の口から、ちっと舌打ちの声がした。

「けど、誤解を解くと言ったってなあ」

髭面をぼりぼりと掻きながら言う。

「行き掛かり上、少しお手伝いさせてもらいますよ」

左膳は言い置き、子供たちの方へ向かって歩き出した。

「海坊主の仲間か」

子供たちは警戒心をあらわにしたが、「私は差配さんの知り合いだ」と言うと、表情が少し変わった。実際には五郎八という差配人の顔は知らないが、知り合いの知り合いだから、少し言葉を端折《はしよ》っただけだ。

左膳は幸町のよろず屋の主と名乗った後、子供たちの名を訊《き》いた。

「俺が三郎《さぶろう》、こいつらは岩松《いわまつ》と金助《きんすけ》」

いちばん体の大きな子供が答えてくれる。

「では、三郎。この亀は弱っていたところを、あの奇峰さんが助けたそうだ。その亀に悪さをするのはいかがなものかな」

「こいつは海坊主の術をかけられた化物なんだ。俺たちはこいつが悪さをする前に、それを確かめようとしただけだ」

三郎の言葉を皮切りに、岩松と金助もあれやこれやと騒ぎ出した。言っているのは、奇峰は悪者で、亀は妖術をかけられた奇峰の子分というようなことだ。それを暴いてやるという正義感に燃えている。

左膳はしゃべりたいだけ子供たちにしゃべらせた後、

「お前たちは奇峰さんが妖術を使うのを見たのか」

と、落ち着いた声で問うた。子供たちが一瞬言葉に詰まる。

「妖術など使えるわけあるまい。俺が使うのは医術だ」

左膳の背後まで来ていた奇峰があきれたように呟いた。

「そ、そいつは山猫を飼ってるんだ。猫またとも言う化け猫だって聞いたぞ」

いちばん小さな――おそらく最も年下らしい金助がおそるおそる口を開いた。

「猫まただと？」

奇峰がますますあきれた声を放ち、「お前たち、猫またを見たことがあるのか」

と、その髭面をぐいと金助の前に突き出して訊いた。

「ないよっ。あるわけないだろ」

金助は三郎の後ろに跳び退《の》き、顔だけを出して言い返す。三郎は胆《きも》が据わった様子で、後ずさりもしなかった。

「それでは、奇峰さん。この子たちに部屋を見せてあげたらどうですか。自分の目で確かめれば、この子たちもあなたの言葉を信じるでしょう」

左膳は奇峰に勧めた。続けて子供たちに、

「お前たちはどうだ。奇峰さんの部屋へ入るのが怖いか」

と問うと、「怖いことなんてあるか」と形《なり》の大きい三郎が真っ先に言い返してきた。金助は少し脅《おび》えたような表情を浮かべたものの、三郎の後ろにぴたりとくっつき、逃げ出そうというそぶりは見せなかった。

奇峰は承知し、亀を手に抱えたまま、部屋に向かって踵《きびす》を返した。三郎が最初に歩き出し、途中で放ってきた鎌《かま》を拾い上げ、果敢にも奇峰についていく。その後ろに、手をつないだ岩松と金助がおっかなびっくりという様子で続いた。

奇峰が中へ入ったところで、左膳はすばやく子供たちを追い抜き、「私が先に行こう」と告げた。

戸口から一歩、土間へ踏み込み、部屋の奥まで目配りをする。土間から上がった板の間には筵《むしろ》が敷かれ、そこには薬研《やげん》や乳鉢《にゅうばち》などの道具が置かれていた。干した草やら生乾きの根やら雑多な薬材が無造作《むぞうさ》に散らばっており、何ともすごいにおいがしたが、生き物は奇峰が抱えた亀の他に見当たらなかった。

「安心して入ってきなさい」

左膳は振り返って子供たちに告げ、脇へ退いて戸口の前を空けた。初めに三郎が、続いて他の二人が、恐怖と好奇とやせ我慢の入り混じった表情で足を踏み入れる。

三郎は一通り眺め終えると、警戒心を解いたのだろう、鎌をかまえていた腕を下ろし、左膳が預かろうと声をかけると素直に従った。恐れる妖怪がいないと分

かるや、先ほどまでの調子を取り戻したのか、

「すげえにおいがするな」

と、三郎は鼻をつまんでいる。

「これは、薬草を煎《せん》じたにおいだ。敗醤根《はいしょうこん》は嫌なにおいがするからな」

と、板の間に上がった奇峰が言う。思いがけずまともな返事が返ってきたことに驚いたのか、子供たちは顔を見合わせていたが、「はいしょうこんって?」と三郎が訊き返した。

「これだ。秋の頃に採って乾かすと、醤油の腐ったみたいなにおいがする」

奇峰が薄茶色の根を取り上げて言うと、子供たちは鼻を近付け、「うえー」と悲鳴を上げた。だが、

「女郎花《おみなえし》って聞いたことあるか。秋に黄色い花をつける草のことだ。それが、この敗醤根になる」

などという奇峰の解説を真面目に聞いている。

岩松は道具類にも興味を示し、薬研を指さして「それで、薬を作るの?」などと尋ねた。奇峰がそうだと答えれば、三郎が「やってみせろよ」と偉そうに言う。

その言葉遣いはともかく、三人とも見知らぬものの散らばった部屋の中に興味を

惹かれているようだ。その反応が思いがけなかったようで、奇峰は面食らっていたが、やがて「ここにこうして」と薬研をいじり始めた。

左膳は戸口に立ったまま皆のやり取りを眺めていたが、そのうち、目だけを隣家の戸へと向けた。勘助の部屋だ。その戸がかすかに動き、わずかに開いていた隙間が埋まったのを、左膳はしっかりと目に留めた。だが、その後、戸は動く様子もなく、物音一つ聞こえてこない。

今ここに勘助が現れ、子供たちと一緒に奇峰の話を聞いてくれれば、悩みごとは一気に解決へと向かうだろう。

だが、そうはならず、勘助の部屋に動きはないまま、一通りの話を聞いた三郎たちが土間へ戻ってきた。奇峰の話し方はぶっきらぼうだが、少なくとも猫または飼っておらず、妙な妖術を使うわけでないことに納得したようだ。亀はもちろんのこと、犬や猫などの生き物をいじめないことを、奇峰に誓ったともいう。

「心の底から、約束を守ろうと思えるのだな」

左膳が尋ねると、「うん」と子供たちは素直にうなずいた。ただ、三郎だけが「俺たちは別に理由もなくいじめてたわけじゃないぜ。あの亀の化けの皮を剝がしてやろうと思っただけだ」とうそぶいた。それでも続けて、「まあ、あの亀も化物じゃねえみてえだし、もうやらねえよ」と左膳の目を見て言う。

左膳が鎌と火打石《ひうちいし》を元の場所に返してくるように勧めると、岩松と金助がそれぞれ持って走っていった。三郎一人がその場に残ったので、「少し訊きたいことがあるのだが」と左膳は表情を改めて尋ねる。

「奇峰さんの妙な話は、誰から聞かされたんだい?」

「誰って、皆言ってるよ。うちのおっ母さんだって」

「皆が言い出す前、そうだな、いちばん初めに誰から話を聞いたか、覚えていないか」

三郎は「ええと」と呟きながら、記憶をたどるような様子で空を見上げている。自信のある答えが返ってくるのは難しいかと、あまり期待はしていなかったが、ややあってから、三郎が「思い出したよ」とすっきりした目を向けてきた。

三郎の口から出てきた名前に、左膳は「そうか」と呟き、空へ目をやった。

やがて、岩松と金助が「さぶちゃーん、返してきたよ」と言いながら駆け戻ってきた。

四

（ちくしょう）

勘助は幸町のよろず屋玄武へ足を運びながら、胸の中で毒づいていた。

──大家さんのお知り合いがぜひにって言ってるから、とりあえず訪ねてみなさいよ。長屋の問題だったら、お代は大家さんが持つって言ってるしね。

そんな差配人五郎八の言葉に乗せられ、よろず屋玄武へ出向くことになったのだが、やはり物の役には立たなかった。上背のある色男の主人はなかなか親身になって話を聞いてくれたから、もしやと期待もしたのだが、今はそんな自分の愚かさが呪わしい。

よろず屋がしてくれたことといえば、自分が店を訪ねた五日後、主人が長屋を訪ねてきたことだった。あの日は自分のもとへ来るだろうと思っていたのに、近所の餓鬼《がき》どもと話をしただけで帰ってしまった。隣の変人の住まいには立ち入ったようだが……。

肩透かしを食らった気分であったが、その翌日、よろず屋から人が来た。主人ではなく、右京という雇い人だ。

人を見透かしたような目で見てくるこの男は苦手だが、右京は訪ねてくるなり、「猫また退治のお祓《はら》いをいたします」と言い出した。お前は猫またの話を信じていなかったじゃないか、と言い返したくなったが、考えを改めたと言うのならいい。

大幣《おおぬさ》を使ったお祓いは決しておざなりなものではなかった。「この手のことには慣れておりますので」と右京は言ったが、祝詞《のりと》を唱える声は朗々と響き渡り、長屋の連中も見物に来たほどである。ぽかんと口を開けている連中の顔を見た時には、少しばかりいい気分になった。化物が退治されれば、皆が自分に感謝するようになるだろう。

ところが、どうだ。右京は「もうこれで大事ありません」などと自信たっぷりだったのに、その晩も猫の悲鳴は聞こえてきた。「二晩様子を見て、三日目に店へ来てください」と言われていたので、昨晩も様子をうかがったが、相変わらず猫の悲鳴が耳をつんざいた。

もううんざりだと思いつつ、勘助はよろず屋玄武の戸を乱暴に開けた。

「ようこそお越しくださいました」

愛想よく迎えてくれたのは、左膳という色男の主人だ。右京の姿は見当たらない。前に来訪した際、茶を出してくれた主人の妹の姿もなかった。

「うちの右京が二日前、お祓いに伺ったはずですが」

「その件で来たんだ。ちっとも効き目がなかったんでな」

「猫の声は聞こえ続けたというわけですね」

左膳の態度は落ち着き払っていた。まるで返事を予測していたかのようだ。

「ああ。夜中に喉を絞められたような声で鳴いてる。あれで飛び起きると、その後はもう寝られねえ」

「お祓いの効き目なし、ですか。では、次の手を試みましょう。すでに用意をしておりますので、これから私についてきてください」

左膳は帳場から立ち上がると、戸締りをするので表通りで待っていてくれと言う。あれよあれよという間に、勘助は店の外に出されてしまった。左膳は暖簾を下ろし戸締りをした後、裏口から路地を伝って表通りに現れた。

「では、まいりましょう」

と、行き先も告げず、西の方へと歩き出す。

「どこへ行くってんだ」

慌てて追いかけながら尋ねたが、左膳は「行けば分かります」としか言わない。その態度に、左膳に対して抱いていた信頼も薄れていった。やはり差配人でさえどうにもできない難題を、赤の他人に金で何とかしてもらおうなんて間違っていたのだ。

左膳を追う足取りが鈍《にぶ》りかけた時、突然、

「にゃあー」

という、忌《い》まわしい鳴き声が聞こえてきた。

「ひいっ」

思わず口から声が漏れた。どこにいやがる。辺りをすばやく見回すと、勘助が通り過ぎた後ろの道をひゅっと横切っていく猫の姿が見えた。

「ちくしょう」

呪われた姿を睨《にら》みつけ、言葉を吐き捨てる。思わず荒くなった息を整えながら、前を向くと、左膳もまた振り返り、勘助をじっと見据えていた。

まるでこちらを見透かすかのような眼差《まなざ》しだった。

（まさか、知られているのか）

勘助は片目を左膳に据え、鋭く睨み返した。

勘助の人生が一変したのはほぼ一年前。

それまで住み込みで奉公していた小間物商《こまものしよう》を追われたことが、転落の始まりだった。

南伝馬町《みなみてんまちよう》二丁目通りに面した鈴木町《すずきちよう》の小間物商、常盤屋《ときわ》——そこに勘助は十一の年から奉公に出て、以後十六年真面目に勤めてきた。人に抜きん出るほどの才覚はないが、真面目で働き者だとは自分でも思うし、周囲の評価もおおむね同じだった。努力は決して無駄にならず、頑張った分だけの成果を他人も認めてくれる、悪くない暮らしだったと言えるだろう。

そのまま真面目に勤め上げ、やがて手代から手代頭、そして番頭にという道をたどるか、あるいは暖簾分けを許されて自分の店を持つか。二十代も半ばを過ぎた頃からはそんな行く末に胸をふくらませていた。

その予想を覆《くつがえ》されたのは、一年余り前のことだ。

「お前を手代頭にという話が出ている」

番頭から呼び出され、そう切り出された。三十路《みそじ》を超えぬうちからそんな話があるとは思わなかったので驚きはしたが、素直に嬉しかった。きっと外回りに励み、客を増やしたことを評価されたのだろう。

「ありがたいお話です。これからも精進《しょうじん》いたします」

そう答えて頭を下げたが、続けて番頭から「ここだけの話だよ」と小声で打ち明けられた。

「旦那さまはお前を婿養子にどうかとお考えらしい。いずれお話があるだろうから、そのつもりでいるように」

あまりにも思いがけない話であった。

常盤屋の主人には一人娘のお鈴《すず》がおり、いずれ婿を取って跡を継がせるつもりであることは、常盤屋の誰もが知っている。婿を余所《よそ》から迎えるのか、中から選ぶのかは見当もつかなかったが、いずれにしても自分にその話が来るとは、勘助は思っていなかった。

真面目な働きぶりを認めてもらうことはあっても、類《たぐい》まれな商才があるわけではない。それに、勘助は藪睨《やぶにら》みの容姿に引け目を感じていた。仮に主人がその気になったとしても、お鈴が自分を嫌がるのではないか、と――。

(俺と同じくらい働ける奴なら、他にもいる。もっと見てくれのいい奴が選ばれるだろう)

と思い、そんなことは期待もしていなかったのだが……。

それでも、いざ番頭からはっきり言葉にされると、喜ばしさと誇らしさが胸に込み上げてきたのは事実であった。まだ正式な話でないにせよ、番頭から打ち明けられた以上、主人が自分の力を認めてくれているのは確かであろうし、お鈴からも嫌われてはいないということだ。

お鈴とは親しく口を利く機会もなかったが、それからは顔を合わせる度、きまり悪さを覚えるようになった。お鈴の方も心なしか、勘助を気にかけているふうに見えた。

このお鈴は、数年前から「桃丸《ももまる》」と名付けた猫を飼っていた。桃丸が首に括《くく》り付けられた鈴を鳴らしながら、主人一家の家屋の廊下や裏庭を走り回る姿は、奉公人たちにとっても心癒《い》やされるものであった。

勘助は猫を好きでも嫌いでもなかったが、婿養子の話を聞かされてからは、桃丸を見かければ、声をかけたり、たまには頭を撫《な》でてやったりするようになった。人に飼われている猫だけあって、桃丸は人懐こいところがあった。

それからしばらくの間、主人から正式な話を持ちかけられることはなかったが、勘助はさほど焦りを覚えなかった。手代頭の一件をとっても、自分には早すぎると思っていたからだ。

ところが、間もなく勘助の運命を大きく変える出来事が起こった。

お鈴のかわいがっていた桃丸が急死したのである。

ふつうの死に方ではなかった。猫は裏庭で首を細長い何かで突かれて、事切れていたのだ。発見された時は何で刺されたのか不明だったが、やがて誰かが簪《かんざし》じゃないかと言い出した。小間物商である常盤屋には売り物の簪が常にいくつか用意されている。

よもや、売り物の簪を凶器に使って、主人一家の飼い猫を殺《あや》めるような奉公人がいるはずもない。誰もがそう信じたかったが、疑心暗鬼《ぎしんあんき》をなくすため、店にある簪を確かめることになった。

そして、事は発覚した。

勘助が得意先を回るために荷造りしていた売り物の簪に、血がついていたのだ。

「し、知らねえ。わ、私は何も知りません！」

荷造りする際、売り物はいつも念入りに検《あらた》めている。血がついているのを見逃すはずはなく、勘助が荷造りした時には何ともなかった。

「信じてください。私は本当に何も——」

勘助は必死に訴えた。常盤屋の主人に、お鈴に、番頭や仲間の手代たちに——。誰も勘助を詰《なじ》りはしなかった。だが、皆の自分を見る目——それが一瞬で変わったことに、この時、勘助は気づいた。

白眼で人を見る——ということは、本当にあるのだと実感させられた。

周りの人々から一斉に冷たい目を向けられることの、胸が引き裂かれるようなつらさ。息すらふつうに吸うことが許されないようないたたまれなさ。彼らの眼差しが当たった箇所から、いっそ体中の血が迸《ほとばし》ればいい。それを見れば、彼らも自分がどれだけ冷酷無比《れいこくむひ》な目を向けているか気づくだろう。

「お前が知らないと言うなら、そうなのかもしれん。お前はこれまで嘘を吐くようなことはなかったからね。だが、それなら誰が、お前の荷物の簪に血をつけたと言うんだい」

主人の問いかけに、勘助は答えられなかった。番頭が念のために、勘助の荷物に触った者がいないか、確かめてくれたが、もちろん名乗り出る者もいなければ、誰かが触ったのを見たと言う者も現れなかった。

「これだけ調べても分からないのだ。お鈴や、桃丸のことはあきらめなさい」

主人が泣きじゃくるお鈴に言ったが、お鈴は納得しなかった。

「あんなにかわいい桃丸を殺めるなんて……。どうしてそんなにひどいことができるの」

誰が——とは口にしなかったが、恨みを宿したお鈴の眼差しは勘助一人に向けられていた。

この一件で、勘助が何らかの処罰を受けることはなかった。本人が認めないものを、疑いだけで罰することはできなかったのだ。

だが、一度染みついた疑惑の念が容易《たやす》く消えることはなかった。何よりお鈴の憎しみを買ってしまった。

——猫殺し。

奉公人たちから聞こえよがしに言われることもあった。そうなると、もういけなかった。はっきり聞こえなくても、人がそう言っているような気がしてしまう。誰かがひそひそ話をしている時、誰かと目が合った時、皆が自分を猫殺しとして見ている。そう思うと、とてもいたたまれず、息苦しくなった。

やがて、勘助は眠れなくなった。夜中に猫の鳴き声を聞いたような気がして飛び起きるようになったのだ。

体調を崩し、仕事にも障りが出るようになって、勘助は自ら常盤屋を去ることにした。何より、夜中に聞こえる猫の鳴き声から解放されたかった。

そして、岡崎町の長屋で暮らし始めた。新しい仕事は見つからなかったが、それまでの蓄えと日雇いの給金で何とか日々を凌《しの》ぐことはできる。

だが、この長屋でも猫に悩まされることになるとは思わなかった。

まさか、隣人が本物の猫殺しだったなんて――。


「勘助さん」

立ち止まった左膳が呼びかけてきた。

「どうしました」

左膳の問いかけには答えず、代わりに、

「どこへ行くのか教えてくれ」

と、勘助は尋ねた。このまま行けば楓川《もみじがわ》に差しかかる。それを越えれば、因縁の常盤屋がある鈴木町に近付くと気づいたのだ。

左膳もまた、勘助の問いかけの意を察したのだろう。

「お察しの通り、向かっているのは常盤屋さんですよ」

と、あっさり認めた。

「なぜ」

勘助の声が震えた。

「ここでは何ですから、とりあえずもう少し進んで川岸でお話ししましょう」

そう言い、左膳は先に進んでいく。それからは勘助も黙って歩いた。やがて、楓川にかかる松幡橋《まつはた》に達すると、橋は渡らず、左膳は川岸の木陰に向かった。

「勘助さんからのお悩みをお聞きした後、お隣の奇峰さんのことはもちろんですが、勘助さんのことも調べさせていただきました」

話の真偽を確かめるのも仕事のうちだと言われると、勘助としては責めることもできない。

「勘助さんは常盤屋さんで重宝《ちょうほう》されていたようですね。小僧の頃から十六年真面目に勤め、婿養子のお話まであったそうじゃないですか」

正式に打診される前の話であるというのに、どこでどう調べたのか、左膳の話は正確だった。

「それは……周りが言ってただけだ。旦那さんから正式に話があったわけじゃねえ」

「その前に、お嬢さんのかわいがっていらした猫が死んでしまったんですね」

「それも、先の尖《とが》った何かで首を刺されるという痛ましい死に方だった」

「俺じゃねえ！」

皆から向けられた白い眼がいくつも浮かんできて、勘助を恐怖に追い詰める。この男も同じなのか。自分に白眼を向け、猫を殺したと言って責め立てるつもりか。ところが、

「ええ。勘助さんは何もしていませんよ」

左膳から返されてきたのは静かな声であった。

「私はそれを知っています。先ほど申し上げたように、勘助さんのことを調べましたから」

「常盤屋の連中は誰一人、俺を信じようとしなかった……」

「人はいったん疑うと、それを晴らしてくれる新しい手がかりでも出てこない限り、疑い続けるものです」

「それじゃ、旦那はまさか……」

新しい手がかりでも見つけたというのか。あの時の小細工が誰のしわざか分かったとでも――。

「…………」

「これから疑いを晴らしに行こうではありませんか」

「あれはもう一年も前のことだ。今さら……」

「夜中に聞こえる猫の鳴き声も収まると思いますよ」

不意に左膳が告げた。虚《きょ》を衝《つ》かれ、言葉を返すことはできなかった。

「本当は分かってたんじゃありませんか。あれが空耳なんだって」

「………」

「勘助さんの心の負担、私どもよろず屋玄武に預けてください」

真摯《しんし》な眼差しだった。青眼《せいがん》とはこのような目を言うのかもしれない。

「……分かりました。お願いします」

言葉遣いも改め、勘助はその場で深々と頭を下げた。

五

左膳と勘助が楓川に差しかかった頃、件《くだん》の常盤屋は少しばかりの騒動に見舞われていた。

（そろそろ頃合いかしらね）

昼八つを告げる時の鐘から推し量《はか》り、おちかは右京に目配せした。白袴《しろばかま》を穿《は》いた右京が大幣《おおぬさ》をゆっくり振りながら、常盤屋の庭を歩き回っているところだ。

おちかは右京から少し離れた場所に立ち、その傍らには常盤屋の跡取り娘、お鈴がいる。ここ数日で、二人は急に親しくなった。お鈴自身の口から、飼い猫が死んだ悲しみを打ち明けられるほどに。

おちかはたいそう同情し、「悲しみが癒えないのは猫が成仏していないからじゃないかしら。私の知り合いにお祓いのできる人がいるのだけれど」と持ちかけた。お鈴が「ぜひ頼みたい」と言い出すように仕向けたのは、まさしくおちかの手腕である。

そして、右京を常盤屋の中へ招き入れることに成功した。

しかし、何もかもが出鱈目《でたらめ》というわけではない。神職の格好は確かに見せかけだが、右京の先祖には神職もいれば、陰陽師《おんみょうじ》もいたと伝え聞く。右京がその手の作法を身につけているのも事実であった。

そして今、お祓いと称して大幣を振る右京の姿は、まさしくさまになっている。胸中をあまり表に見せぬ冷たい白皙《はくせき》が、その姿の真実味を後押ししていた。

おちかの目配せを、右京はしっかりと読み取ってくれたのだろう。

と言いつつ、ある場所で足を止めた。

「ここだ」

「そうよ。桃丸が倒れていたのは、そこで間違いないわ」

お鈴が驚きの声を上げた。というのも、飼い猫がどこで死んでいたのか、その場所を右京には話していないからだ。もちろん、おちかも聞いていない。だから、人知を超えた力によって分かったのだと、お鈴は右京の力を信じ始めている。

「ここで死んだ猫、いや、殺された猫はそのあまりの憤りと恨みゆえに成仏できていない」

「そんな……」

右京から厳《おごそ》かに告げられると、お鈴は改めて衝撃を受けたようだ。

「自分を死に至らしめた本物の下手人が、そのことを覚られもせず、のうのうと暮らしているのが我慢できない。猫はそう言っています」

「まあ、何ということ」

お鈴は右京の方へ身を乗り出した。

「柏木先生は、その下手人がお分かりなのですか」

「私が分かるのではなく、あなたの猫が私に教えてくれるのです」

「では、その者に会えば、先生はお分かりになるのですね」

「もちろん」

「すぐにお父つぁんに話して、手の空いている奉公人をすべて集めるわ」

お鈴はそう言うなり、急いで縁側から部屋へと駆け上がった。

「先生とおちかさんは、この部屋でお待ちください」

奥の廊下へ出ていったお鈴のあとを、付き添っていた女中が慌てて追っていく。

二人だけになると、右京とおちかは目を見交わしてうなずき合った。

それから、おちかは一人で枝折戸《しおりど》をくぐり、裏庭から外へ出た。間もなく、左膳が大事な客を伴って現れるはず。その手引きをするためであった。

右京が縁側から部屋へ上がり、待っていると、やがてお鈴が父親の常盤屋を連れて戻ってきた。その後ろにはお鈴付きの女中もいる。

「こちらが祈禱《きとう》と占いをよくする柏木右京先生よ」

と、右京は常盤屋に引き合わされた。

「ほほう、思っていたよりお若いですな」

人を信じやすいお鈴と違って、常盤屋は如才《じよさい》なく挨拶しながらも半信半疑だ。

だが、常盤屋が右京の言葉を信じようが信じまいがどうでもいい。要は、隠されていた真相を明らかにできればいいのだ。ちなみに右京は祈禱と占いはできなくもないが、死んだ猫の声を聞くことはできない。

おちかはどうしたのかと、お鈴から訊かれたので、兄の左膳を迎えに行ったと答えた。左膳をこの場に呼ぶことは、すでにお鈴から承諾を得ている。もちろん、勘助を連れてくることは告げていない。

待つほどもなく、奉公人たちがわらわらと現れた。接客中の者や外回りの者を除き、集まれるだけの者は集まるよう、常盤屋が声をかけてくれたという。

この成り行きは、常盤屋が娘に甘いことから推測でき、目当ての者がこの日、外回りでないことも事前に調べてあった。

「失礼します」

と言って、部屋へ入ってくる奉公人たちの顔を、右京は注意深く見つめた。その右京の様子を、常盤屋とお鈴がじっと見てくる。

入ってきた奉公人は全部で五人。合わせて八人が一部屋にそろうと、部屋がかなり狭く感じられた。

「旦那さん。今、こちらに来られる者はこれですべてです」

最後に部屋に入ってきた三十路ほどの男が、常盤屋に告げた。

「柏木先生は、桃丸が下手人を教えてくれるとおっしゃいましたよね」

お鈴が真剣な眼差しを向けてきた。

「はい」

右京は絶妙の間で、自信たっぷりに答える。その瞬間、くわしいことまでは聞かされていなかったのだろう、五人の奉公人たちの顔に困惑の色が浮かんだ。だが、誰も声を上げようとはしない。

「それで、桃丸は教えてくれましたか。あの子を殺めた下手人を――」

唾を呑む音、身じろぎする音が右京の耳に入ってきた。

「この場にいないのなら、外に出ている者の中に……」

続けられたお鈴の言葉を「いいえ」と右京は遮《さえぎ》った。

「ここにおりますよ。お嬢さんの猫を殺めた者は――」

右京は最後に部屋に入ってきた男を見据える。

「耕三《こうぞう》さん、あなたがやったのですよね」

「な、何だって！」

耕三が声を張り上げた。

「どうして、私が……」

耕三は困惑した表情で、常盤屋とお鈴の顔を交互に見つめる。

「この人は何者なんです。藪から棒に何だってこんなことを……」

「待って。柏木先生は今ここで、耕三と初めて会ったのですよね」

お鈴が耕三の言葉を遮って尋ねた。

「もちろんですとも」

「耕三の名前だって知らないはずよね。私は奉公人の名前を先生に教えていないもの。それなのに、先生が耕三の名前を知っていたのは、やっぱり桃丸が……」

お鈴の目が潤み出した。

「お待ちください、お嬢さん。私の名前など、調べようと思えば調べられます。この人は事前に私の名前を調べた上で、私を貶《おとし》めようとしてるんですよ」

「柏木先生には、耕三を貶める理由なんてありはしないわ！」

お鈴の声はしだいに甲高《かんだか》くなっていく。

「少し落ち着きなさい」

傍らの常盤屋が娘をたしなめ、それから右京に向き直った。

「確かに、先生が耕三の名を知っていたのは驚くべきことです。祈禱によって死んだ猫の声を聞いたという言葉を疑うわけじゃない。しかし、耕三は私の店で長年働いてきた手代だ。片や先生とは初対面。また、先生がどれほどの実績をお持ちなのかも聞いていない。どちらを信じるかと言われると……」

常盤屋の眼差しが、耕三の方へと流れていく。

「常盤屋さんのお気持ちは分かります。では——」

右京は体の向きを変え、庭の方へと目を向けた。目当ての者たちがすでに姿を見せている。

「ああ、おちかお嬢さんが私の主人を連れてきたようですね」

右京は誰にともなく呟いてから、常盤屋に目を据えた。

「耕三さんと同じく、こちらのお店で長く働いてきたあの人の言葉なら、耳を傾けることがおできになるのではありませんか」

「勘助じゃないか」

常盤屋の表情に、初めて大きな驚きの色が浮かぶ。

「おちかさん、どういうことなの」

お鈴も訝《いぶか》しげな声を上げた。それに答えたのは、おちかではなく左膳である。

「私は、おちかの兄で、八丁堀幸町のよろず屋玄武の主、高槻左膳と申します。

この度は突然お邪魔をいたしまして」

深々と頭を下げ、物柔らかな口調で先を続ける。

「実は、妹から話を聞いた後、勘助さんのことを調べさせていただきました。居所を見つけ出して、ご本人からも話を聞かせてもらったのですが、お嬢さんの猫を殺めたのは自分ではないとおっしゃる」

「旦那さん、私の申し上げた通りじゃないですか」

その時、耕三が声を張り上げた。いつしか腰を上げ、膝立ちになっている。

「その男が勘助から聞いたことを、この偽祈禱師も聞いたんですよ。勘助からそそのかされて、この私を下手人に仕立て上げようとしたんだ」

耕三は蒼《あお》ざめた顔で、左膳と右京に指を突き付けた。主人の娘の客人に対し、奉公人の取る態度ではない。耕三を見つめる常盤屋の目がすっと細くなる。

一方、左膳の脇に立つ勘助は耕三と違い、落ち着き払っていた。

「そうか、耕三。お前だったんだな」

耕三に藪睨みの目を据え、感情を抑えた低い声で言う。

「あの時、俺が手代頭になるんじゃないかという噂があった。お前は焦っていたんだろう。それで俺を陥《おとしい》れようと、お嬢さんのかわいがっていた猫を……」

「何の拠《よ》り所があってそんなことを――」

「俺が疑われた時だって、拠り所は俺の荷物に入っていた簪だけだ。俺が見ていない時、誰だって持ち出すことのできた簪だけ！　だが、誰も俺の言うことを信じちゃくれなかった」

「勘助……」

常盤屋の目は痛ましげに勘助へと向けられていた。

「何の拠り所があるのかと訊いたな。お嬢さんの猫の霊が教えてくれたんだろ。お前が下手人だって。それこそが立派な拠り所じゃないのか」

「その通りですよ」

勘助の言葉に、右京が口を添えた。

「本当の下手人が見つからないため、成仏できずにこの店に取り憑《つ》いているのです。耕三さん、あなたには見えませんか。あなたのすぐそばで恨めしそうに鳴いている猫の姿が――」

右京が耕三の膝もとを指さした時――それが、耕三の限界だった。

「ひぃぃ！」

悲鳴を上げるなり、その場にどしんと音を立てて尻餅をつく。何もいない虚空《こくう》を見据えながら、後ずさりするその恐怖に満ちた眼差しは、それ以上の言葉がなくとも、すべてを明らかにしてくれた。

「耕三を連れていき、部屋に押し込めておけ」

常盤屋が他の奉公人たちに鋭く命じた。耕三は四人の男たちに取り押さえられ、部屋の外へと引きずられていく。彼らが去ると、部屋は途端に広くなったように感じられた。

「よろず屋さん、それに勘助……も上がってくれませんか。急なことで当惑しているが、まずは詫びさせてもらいたい」

そう言って、常盤屋が深々と頭を下げた。

「俺は……このまま帰らせてもらいます。頭の中がとっ散らかってるもんで」

勘助は少しばかり固い口ぶりで言った。

「お話は少し落ち着いてから、改めてなさるのがよいでしょう。私もこの場で失礼させていただきます」

左膳が続けて頭を下げたかと思うと、

「ああ、右京。お前はお祓いをしっかりと済ませてから帰ってくるように」

右京への注文も加えた。

「分かりました」

右京は素直に応《こた》えて、大幣を手に立ち上がる。

左膳と勘助はすぐさまその場を離れていったが、おちかは庭に残っていた。お鈴と一緒に、猫の成仏を見届けるつもりのようであった。

六

勘助が別人のような明るい表情で、よろず屋玄武を訪ねてきたのは、常盤屋での一件があってから十日ほど経ってからであった。

「お約束の代金です」

勘助は一貫文を差し出してきた。日雇いで働く勘助にとっては、決して安い値《あたい》ではないはずだ。

「ありがとうございます。一度にお支払いいただいて、よろしいのですか」

念のために左膳が尋ねると、勘助は出会って以来初めて口もとに笑みを浮かべた。

「ご心配なく」

勘助は穏やかに答えた。

「常盤屋の旦那さんが、この十倍の金を贖《あがな》ってくれましたので。先日、その件でお会いした際、丁寧に詫びてもらいました。あ、耕三の野郎はもう店を追い出されたそうで」

落ち着いた声でしっかりと話す勘助は、常盤屋で仕事をしていた頃はこうだったのだろうと思わせる風情を漂わせていた。

「それで、勘助さんのお気持ちは済んだのですか」

勘助は左膳から目をそらして天井を見上げた。

「……済んだのかって言われると、素直にはうなずけませんが、いつまでもこのままじゃいられません。俺も先へ進もうと思いまして」

勘助の目の片方が左膳の方へ戻ってくる。

「勘助さんがそうお考えになれたのなら、それはよかった」

左膳が笑顔を浮かべると、勘助の目つきもほんの少し柔らかくなった。

「そこで、今日は右京さんに別のお願いがありましてね」

勘助は急に傍らに立つ右京に目を向けて言い出した。

「実は、常盤屋の旦那さんから戻ってこないかと言われました。悪い話じゃありません。ただ、飛びつく気にもなれなくて、まだお返事はしていないんですよ」

「それで、私に何をお望みなんですか」

右京が淡々とした口調で問う。相手は客なのだから、もう少し愛想よくしてもいいのではないかと思えるほどだ。

「右京さんは祈禱だけじゃなく、占いもなさるそうですね。常盤屋で聞いたんですが」

「まあ、祈禱と占いはできますが」

「なら、俺のことを占ってくれませんか。この先、常盤屋へ戻るのが吉か凶か」

右京の目がわずかに見開かれる。

「分かりました。それでは、生まれた年と日付、分かれば時刻を教えてください。あと、常盤屋へ奉公入りした時と辞めた時も」

右京は勘助に尋ね、勘助が思い出しながら答える言葉を書き取っていった。それから「少しお待ちください」と言って、店の奥へ入っていく。右京の占いとは古くから桂木家に伝わる陰陽道を用いるものだ。暦を精密に読み解き、式盤《しきばん》を使って答えを導き出す。

「占いの結果に従うおつもりで？」

右京が戻ってくるのを待つ間、左膳は勘助に尋ねてみた。

「戻れば戻ったで、いいことも悪いこともあるでしょう。もちろん戻らなくても——。なら、どっちだっていいんですが、踏み出すきっかけを右京さんからもらえれば、と思いましてね」

勘助は意外にあっけらかんとした口ぶりで答えた。本気で悩んでいる様子ではない。どんな道にも吉もあれば凶もある——そうわきまえているのなら、石にぶつかった時、占いのせいにはするまい。

やがて、右京が戻ってきた。手にしているのは先ほど勘助から聞いた日付を記した紙だけである。

「戻るのは悪くありません。しかし、前に奉公していた時のような待遇は望めないでしょう。もっとよい運を求めるなら、西へ行くことをお勧めします」

右京の言葉を真剣に聞いていた勘助は、やがて破顔《はがん》した。

「そうですか」

明るい笑顔で、うなずいてみせる。

「実は、常盤屋の旦那さんがうちへ来ないのなら、同業の店を世話してやるとも言ってくださったのです。西のお店を探してもらうことにいたしますよ」

勘助は見料《けんりょう》の二十文《もん》を追加で払い、「この度はいろいろとどうも」と頭を下げた。

「どうぞ、これからもご贔屓《ひいき》に」

左膳は右京と店前まで勘助の見送りに出る。

春も深まり、風は温かい。そろそろ桜が咲く頃だろうか。江戸の桜は初めてだが、どこに咲いているのだろう。

そんなことを左膳が思っていたら、どこかから「にゃあ」と猫の鳴き声が聞こえてきた。

歩き出そうとした勘助の足がふと止まる。店の横の細い路地から、陽だまりに誘われるように一匹の仔猫《こねこ》が飛び出してきた。

「あ、そっちへ行っては駄目」

後ろから猫を追いかけてきたのはおちかだ。その路地はよろず屋玄武の裏庭へと続いているのである。

「よろず屋さんでは猫を飼っていらしたんで？」

左膳たちを振り返った勘助は穏やかな声で尋ねた。

「いえ、別口の頼みごとがありましてね」

「そうでしたか」

左膳と勘助が話を交わしているうちに、おちかが追いかけてきた三毛猫をつかまえ、腕に抱き上げた。その様子をじっと見つめていた勘助は、「では、これで」とだけ言い、再び前を向いて歩き出す。

「本当に克服したようですね」

右京が勘助の後ろ姿を見ながら言う。

「ああ。猫を見てもあの調子なら、大事ないだろう」

晴れやかな心地で言った後、左膳はおちかに目を向けた。

「ところで、お鈴さんがやって来るのは、今日の昼過ぎだったな」

「ええ。勘助さんと鉢合わせしなくて本当によかったわ」

猫を抱き上げたおちかはほっとした表情を浮かべて言った。

「桃丸の代わりに、かわいがってもらいなさいよ」

おちかが猫の頭を撫でながら声をかける。

この猫は、お鈴からよろず屋玄武へ持ち込まれた頼みごと――新しく飼う猫を見つけてほしい、との依頼に応じて探し出してきたものだ。

三毛猫で、藤色の瞳、あまり大きくない仔猫――種々の注文に応じるべく、方々に声をかける一方、野良猫を探し回って、ようやく見つけてきた。

にゃあにゃあ――と、猫が甘えるように鳴いた。

「それで、お鈴さんの方は大事ありませんか。この度の件は、お鈴さんにとっても胸の痛むことだったたと思いますが……」

右京がおちかに尋ねた。あのお祓いの日以来、お鈴と顔を合わせているのはおちかだけである。新しく飼う猫を見つけてほしいという依頼も、友人となったおちかを通して持ち込まれたものだ。

「もう大丈夫だと思うわ。新しい猫を飼うと言い出したのも、気持ちに区切りがついたからだと思うし」

しばらくの間は、お鈴も沈み込んでいたそうだ。もともとあった勘助との縁談が壊れた上、その後、縁談の持ち上がっていた耕三はとんだ悪党と分かったわけで、自分は男運がないと言って泣いていたという。

ところが、ひとしきり泣くと吹っ切れたらしく、桃丸の代わりとなる猫を飼うと言い出し、おちかに左膳や右京のことを尋ねてきたりしたそうだ。

「二人が独り身だって教えたら、何だか嬉しそうだったわ」

おちかの言葉に、左膳と右京は目を見合わせた。

「右京と私がどんな間柄なのか尋ねてきたし、兄《あに》さまにこれまで縁談があったのかとか、そんなことまで訊かれたのよ」

「私も右京も常盤屋の婿になどなれないぞ」

そもそも、朝廷の窺見《うかみ》であり、いずれは京へ帰る身である。うまくごまかしておけ、という目を向ければ、おちかは小さく首を横に振って目をそらした。

「自分で言ってください。私が言えば、変なふうに誤解されちゃうでしょ」

左膳と右京は再び目を見合わせた。

「三十六計《さんじゆうろつけい》逃げるにしかず、とはまさに今こそ使うべき言葉ではないか」

「まったく、ご主人のおっしゃる通りかと」

右京が即座に同意するのはめずらしい。

「では、お鈴さんの相手は、おちか、そなたによろしく頼む」

「たまには、お嬢さんが店番をなさるのも悪くないでしょう」

「困るわ。二人に会えるのを楽しみにしてるって言われているのに」

おちかが唇を尖らせて文句を言う。その時、まるでおちかと心を合わせたかのように、腕の中の三毛猫がみゃあ、と不満そうに鳴いた。

第二話　春の月

一

やがて、江戸にも桜の季節がやって来た。

八丁堀という地名のもとにもなっている堀は、左膳たちの暮らす幸町の南側にあるが、別名を桜川《さくらがわ》という。初めに名を聞いた時には、川沿いに桜の木が立ち並ぶ景色を左膳は思い浮かべたのだが、実際は違った。

「西側に流れる川が楓川だから、秋の楓《かえで》に春の桜ということで、桜川となったらしいですね」

右京から由来を教えられた時には、がっかりしたものだ。

とはいえ、八丁堀にも桜の花は咲いている。武家地の屋敷の中には、一、二本の桜が植えられていることが多く、そうした屋敷地の中に建てられた長屋の住人たちも花を楽しむことができた。

「山村さまのお屋敷にも、桜の木が植わっていて、長屋住まいの人たちで花見をするそうです」

右京も誘われたそうだが、仕事を理由に断ったという。そういうことなら半日ほど店を休んで、同じ長屋の人たちと親睦《しんぼく》を深めればいいと左膳は勧めたが、

「今、私が休んで、店が回るとは思えませんけれどね」

と、右京から冷静に言葉を返された。そうなると、左膳は何も言えなくなる。

実は、勘助の依頼が一段落してから、右京の祈禱や占いの力を知った山村数馬が「店で占いを始めてはどうか」と言い出したのだ。

実際、わずかな見料で済むのであれば、ちょっとしたことを占ってもらいたい者は少なくないはず。荒物を買いに来た客を相手に占いの場を供し、話の中身によっては、依頼に切り替えればよい。抜き差しならぬ悩みを抱えた者が、相談の前に占いに頼ることもあるだろう。そんなふうに勧められ、勘助の依頼をうまくこなした高揚もあり、左膳たちはその誘いに乗ったのだ。

その結果――。

よろず屋玄武は占いの客で繁盛することになった。見料は一回二十文。大した儲《もう》けにはならないが、ついでに浅草紙や草履を買い求める客もいたから、品物の売り上げも伸びている。

こうなると、占いの場をきちんと設けた方がいいだろうという話になり、帳場の横に設《しつら》えた机で、右京が占いの客を取るようになった。

右京には次々客が訪れるが、帳場に座った左膳はおおよそ暇である。時折やって来る買い物客から金を受け取って品物を渡す他は、占いを待っている客の話し相手を務めるくらいだ。

「兄さま」

その日も左膳が暇を持て余していたら、奥からおちかが声をかけてきた。

「何だ。店番を替わってくれるのか」

時折、おちかにも店番をさせているが、これは異なる客層をつかむためでもある。ただし、おちかが自分から仕事の代わりを名乗り出ることはない。

「違うわ。お客さんよ、兄さまに」

「私に客だと？」

「三郎たちよ」

「ああ」

三郎、岩松、金助の三人組は、勘助と同じ長屋に暮らす子供たちだ。亀をいじめていたのを元医者の奇峰と一緒にたしなめて以来、左膳はこの三人組から妙に懐かれている。よろず屋玄武にも遊びに来るようになっていたのだが、今日はどうやら裏口へ回り込んだらしい。前は堂々と表から出入りしていたので、子供なりに気を利かせたのかと思っていたら、

「厄介事のようよ」

と、おちかが耳打ちしてきた。

「厄介事……？」

わずかに眉をひそめつつ、左膳はおちかと一緒に奥へ下がった。

店の奥は細長い廊下にいくつかの客間が並び、さらに煮炊きをする土間を経て、裏庭へと続く。左膳が裏口の戸を開け、庭へ出ていくと、

「あっ、左膳さま」

最初に明るい声を上げたのは三郎であった。子供たちはいつの間にやら、左膳のことを「さま」付けで呼ぶようになっている。右京のことは「右京先生」で、おちかは「おちかちゃん」だ。

三人は一斉に駆け寄ってきたが、左膳は三郎のつかんでいるものを見るなり驚愕《きょうがく》した。

「三郎、お前……」

三郎は小さな亀を抱えていたのだ。

「ちがうよ」

左膳が何か言うより早く、三郎が叫んだ。

「おいらたち、亀をいじめたりしてない」

岩松と金助も必死の形相《ぎょうそう》で訴える。

「そうか。確かに、お前たちはもうあんな真似はしないよな」

「そうだよ」

左膳の言葉に、子供たちは大きくうなずき返した。

「なら、その亀はどうしたんだ」

「俺たちの長屋に戻ってきたんだ」

左膳は思わず亀の顔を見つめた。よく見れば、何とも分別臭《ふんべつくさ》そうな目をしている。

三郎たち曰《いわ》く、この亀は奇峰が介抱していた亀で、先日、八丁堀の堀際——つまり桜川の岸に放たれた。ところが三日ほど経つと、再び長屋へ戻ってきてしまった。

「奇峰先生が世話していた亀で間違いないのか」

野生の亀がこの辺りにたくさんいるとは思えないが、左膳には区別がつかない。

「俺たちには分からないけど、奇峰先生がそう言うんだから間違いないよ」

確かに、亀を介抱し、しばらく一緒に暮らした奇峰ならば、区別もつくだろう。子供たちは亀が戻ってきたことに感動した。そして、この亀はきっとここで暮らしたいのだ、それなら自分たちで飼ってあげよう、と考えた。

「亀をいじめていたお前たちが、亀を飼うだと？」

突拍子《とつぴようし》もない話だが、「だからこそだよ！」と三郎は真剣に訴える。

「こいつには悪いことしたって思ってるんだ。せめてお詫びをしようと思ってさ」

三郎は丁寧な手つきで、抱えていた亀を地面に下ろした。その手つきには確かに優しさが込められている。亀がきょときょとと首を動かしながら、のっそりと這《は》い始めたのを見守りながら、三郎は語り続けた。

「こいつは虫や小魚なんかも食べるけど、大根の葉や胡瓜《きゆうり》とかも食べるんだって」

奇峰からそう教えられた子供たちは、それぞれの親に頼んでみたが、どの家でも駄目だと言われた。そこで、今度は奇峰に頼み込んだ。亀をかわいがっていた元医者ならば間違いなく承知してくれると思いきや、何と彼からも断られてしまったという。

「奇峰先生の家では、他の生き物を治療することもあるから、何かを飼うわけにはいかないいんだってさ」

「それで、あなたたち、ここへその亀を連れてきて、どうしようというわけ？」

それまで黙っていたおちかが子供たちを促した。

三郎たちは互いに顔を見合わせると、「よし」とでもいうふうにうなずき交わし、

「お願いします」

と、そろって声を張り上げ、頭を下げた。

「左膳さまのお店で飼ってやってください」

予想通りの言葉が口々に飛び出してきた。

「そう言われてもなあ」

地面に目をやると、人間たちの輪の外へ這い出ていた亀は、どういうわけか途中で方向を変え、左膳の方へ向かってきている。

「あら、兄さま」

同じことに気づいたらしいおちかが楽しげな声を上げた。

「この子、兄さまのことが好きなんじゃないかしら」

「おちかちゃんの言う通りだよ」

いちばん小さい金助が細い声を張り上げると、

「こいつ、おいらたちにいじめられた時、左膳さまに助けられたこと、ちゃんと分かってるんだ」

と、岩松が追随《ついずい》した。

「なあ、左膳さま。亀の一匹くらいいいだろう。ここは、俺たちの長屋よりぜんぜん広いんだしさ」

大将格の三郎はいちばん弁が達者で、左膳にも最も慣れ親しんでいる。少しばかり気安い口調で追い打ちをかけてきた。

「本当に、この亀が私のことを覚えているのか」

亀が人に馴れることは知っている。京で見つけた世にも珍しい白い亀は、左膳がお仕えしていた女人によく懐いていた。

京から遠く離れたこの江戸で、自分も亀を飼うことになるというのは、何とも言えぬ気持ちに駆られる。

おちかは亀のすぐ近くで腰を屈《かが》めると、その動きをじっと見つめ始めた。人間たちの話など我関せずという様子で、亀は一歩ずつ左膳の方へと近付いてくる。いくらのろいと言っても、左膳が返事を迷っている間に、その頭はもう足もとまで達しようとしていた。

「キュウ……」

足もとから、少しばかり気の抜けたような鳴き声とも音ともつかぬものが聞こえてきた。

「こいつ、鳴いた！」

「初めて聞いたよ。亀の鳴き声」

子供たちも騒ぎ出している。

「まあ」

おちかも驚いている。そして、左膳もまた――。

まるで甘えるような亀の鳴き声に、すっかり心を持っていかれた。

「そうか。お前、私のことが分かるのか」

左膳は亀を抱え上げると、自分の目の高さまで持っていく。突然目の前から亀を奪われたおちかや子供たちが恨めしそうな目をしていることにも気づかなかった。

「よし、お前に名前をつけなければな」

左膳は少し考え、真っ先に思い浮かんだものに決めた。

「玄武丸《げんぶまる》」

四神相応《しじんそうおう》の思想における、北の守護神獣の玄武は、亀と蛇が一緒になったような姿をしているという。よろず屋の店名もこの神獣から採ったものだ。

「お前の名は玄武丸だ」

「左膳さまの店と同じ名前だね」

子供たちはおおはしゃぎした。自分たちも玄武丸の餌を手に入れて持ってくるからね、と張り切っている。

その後、玄武丸の鳴き声をもう一度聞きたいねと皆で言い合い、息を詰めて待つことしばらく——。残念ながら、期待通りにはならなかった。

「とりあえず、玄武丸が入る家が必要になるな」

「金魚を入れるような鉢かしら、大きめのものなら……」

おちかが首をかしげている。その脳裡に浮かんでいるのは、京の御所にあった大きな焼き物の睡蓮鉢《すいれんばち》であろう。確かに、例の白亀は睡蓮鉢で飼われていたが、あまり儲かっているとも見えぬよろず屋で、豪華な睡蓮鉢は似つかわしくない。

「ま、とりあえずは米櫃《こめびつ》や水瓶《みずがめ》などで代用すればよかろう」

そのあたりが妥当《だとう》なところだろうか、と考えながら言う。京の御所で飼われていた白亀を見ていたので、世話の仕方もおおよそは分かるが、左膳もおちかも実際に亀の世話をしていたわけではない。やはり、奇峰から話を聞いておいた方がいいだろう。

そこで、左膳は玄武丸をおちかに預け、子供たちと一緒に岡崎町の長屋へ向かうことにした。

「それじゃあ、またな、玄武丸」

「毎日、会いに来るからさ」

などと、子供たちは玄武丸にひと時の別れを告げている。かつて亀を生き埋めにしようとしていたのがまるで嘘のようだ。

それから、左膳は岡崎町の長屋に暮らす奇峰に会い、亀の飼い方の注意を聞いた後、米櫃と青菜を買い込んで家へ戻った。待ち受けていたのは、あきれ顔の右京である。

「亀の鳴き声に心を奪われたそうですけれど」

「まあ、そんなところだ。お前も聞いたか」

期待をこめて訊くと、溜息を吐かれた。

「亀は鳴きませんよ。たぶん息を吸ったり吐いたりする音を聞いたんでしょう」

「…………」

「まあ、うちの店が玄武ですからね。亀はいい看板になってくれるでしょうが」

「うむ。まさにそれだ。玄武丸はそのために飼うのだからな」

左膳は力強く言い切り、さっそく青菜を食べさせるため、玄武丸のもとへと向かった。

二

亀の玄武丸を飼うようになり、三郎たちは日を空けず、よろず屋玄武へやって来るようになった。主に世話をするのはおちかで、玄武丸を放っておくわけにもいかないと、外出《そとで》も控えるようになっている。

とはいえ、おちかの外出には本来の目的――とある標的の見張りと探りという面もあるので、いずれ何らかの策を講じなければならないだろう。

左膳にとって、亀は京にいる主人が飼っているというだけで、縁の深い生き物である。店の名を「玄武」と付けたのもその縁からだった。右京とおちかは何も言わなかったが、店名の由来に気づいていないはずがない。

そうした過去の縁に加え、あの鳴き声ならぬ呼吸音を聞いた時から、玄武丸に対する左膳の愛おしさは増す一方であった。おちかも同じようだ。縁側で日向《ひな た》ぼっこしている姿を目にした時など、二人とも自然と頰《ほお》が緩《ゆる》んでしまう。

右京だけは我関せずといった態度を続けていたが……。

もっとも、占いに訪れる客を一人でさばかなければならない右京は、それだけで忙しい。

そんな日々が続き、間もなく三月になろうという頃、久しぶりに山村数馬がやって来た。

「ほほう。なかなか景気がよいではないか」

以前よりずっと客の増えた店の中を見回し、山村は満足そうに言う。それらの客たちは専《もっぱ》ら右京の占いが目当てなので、山村の話し相手は左膳であった。

「岡崎町の勘助の件、見事にさばいてくれたこと、あの長屋の大家も差配人も感謝しているそうだ」

「山村さまは初めから、勘助さんの空耳だって知っておられたんですよね。おそらくは大家さんも差配さんも」

左膳の問いかけに、山村ははっきりとした返事をしない。

「奇峰さんも長屋の変わり者と思われていたようですけれど、勘助さんの方が困り者だったんじゃありませんか」

勘助をどうにかしてほしい——それが長屋の差配人や大家の真の願いだったのではないか、というわけだ。

「まあ、心のしこりを除いてくれたお蔭で、勘助は元の真面目な働き者に戻った。ああ、今では京橋《きょうばし》の小間物問屋で働いているそうだ。岡崎町の長屋住まいのまま、通いで働いているらしい。奇峰は時折、怪我や病持ちの獣を連れ込むので、これも困り者ではあるが、こちらはおいおい……な」

山村の、奇峰について語る言葉には含みが感じられたが、それ以上語るつもりはないようだ。

「初めに会った時は、長屋の子供たちからも馬鹿にされていましたからね。今は少なくとも子供たちとはうまくやっているようですよ」

左膳の言葉に、山村はうなずいた。

「そうらしいな。それも亭主のお手柄だそうじゃないか」

「奇峰さんは人を診る医者に戻るつもりはないのでしょうか」

「私もくわしくは知らないのだが、深い事情があるようだな」

どことなく言葉をにごした返事である。

「そうなのですか」

奇峰が人を診なくなった理由について、左膳は知っている。先の一件で、勘助の過去を探るのと同時に、奇峰の過去も探っていたからだ。ただし、勘助の依頼とは関わりないので放っておいた。

(まあ、腕のよい医者の力はいずれ役立つ時が来るかもしれぬ)

左膳は奇峰について、そう胸に留めている。

「いずれにしても、右京の占いが評判になってよかった。これで、よろず屋玄武の商いに不安はないな」

山村は右京の前に並んでいる三人ほどの客に目をやり、満足そうに言う。

「私も陰ながら助けとなるべく、この店のことを広めておる。お、また新たな客のようだぞ」

と、戸口に目を向けて言う山村につられ、左膳も顔を上げた。暖簾をくぐって入ってきたのは、おちかと同い年くらいの若い娘である。

その娘は右京の前にできている列と、山村と話をしている左膳を見比べた後、左膳の方へ足を向けてきた。山村は邪魔にはなるまいと考えたのだろう、「それではこれで」と帰るそぶりを見せる。

「どうもありがとうございました」

と、声をかけた瞬間、今日の山村は何も買い物をしていなかったと思い出したが、今さらどうしようもない。出ていく山村とすれ違った若い娘は「よろしかったのでしょうか」と山村をちらと振り返りながら、遠慮がちに問うてくる。

「もうお帰りになるところでしたから、お気になさらず」

左膳はにこやかな笑みを浮かべて答えた。娘は礼儀正しい武家の娘のようだが、小袖がくたびれているのを見ると、あまり裕福ではなさそうだ。

「どんな御用でしょうか」

左膳が尋ねると、娘は再び右京とその前に並ぶ人々に目をやり、「占いはあちらでしょうか」と問いかけてきた。

「はい。占いでしたら、少し順番をお待ちいただくような形になりますが」

「あの、占っていただきたいことはあるのですが……。私のことではないので、そもそも占っていただくための要件がそろっていないかもしれないのです」

娘は少し声を小さくして言った。何か事情があるということはすぐに分かった。

「それでしたら、まず奥の部屋でお話をお聞かせ願えませんか」

他の客に話を聞かれないようにと気を利かせると、娘は少し躊躇《ためら》いながらもうなずいた。

左膳は娘を奥の客間へ案内すると、裏庭で玄武丸に餌をやっていたおちかに茶の用意を頼み、客間へ引き返した。

「私はよろず屋玄武の主で、高槻左膳と申します」

左膳が先に挨拶すると、娘も名乗った。

「私は浦野佐世《うらのさよ》と申します。こちらのお店では、さまざまな頼みごとを請け負ってくれると聞いたのですが、本当でしょうか」

山村が広めつつあるという噂を聞きつけてくれたようだ。

「はい。お話の中身によってはお断りすることもありますが……。もしや、占いよりもそちらがお目当てですか」

「いえ、お願いしてどうにかなるようなことではないので、占いの結果に任せようかと思っているのです」

お佐世がそう言ったところへ、「失礼します」とおちかが茶を持って現れた。

「私の妹で、ちかと申します。頼みごとをお受けした場合、妹に仕事を任せることもあるので、よろしければ一緒にお話を聞かせていただきますが、いかがでしょう」

「まあ、妹君もお仕事を手伝っておいでなのですか」

お佐世は少し驚いたふうであった。

「私がしがない浪人者なもので、妹にも苦労をかけています」

左膳が苦笑を浮かべて言うと、お佐世は余計なことを言ってしまったと恐縮してみせたが、

「私も……妹君のように、兄を助けることができたらよいのですが……」

と、どこか思い詰めたような口調で呟いた。

「お悩みの件は兄君のことでしたか」

左膳が問うと、お佐世は顔を上げて「はい」とうなずき、語り出した。

「私の父は南町奉行所の物書同心《ものかきどうしん》で、兄の万次郎《まんじろう》はその見習いをしております。ただ、この一年、兄は変わってしまいました。心からの笑顔はまったく見せなくなり、話をしている時も上《うわ》の空《そら》。そうでなくとも、すべてに対して投げやりな感じになってしまったのでございます」

一年前に何かがあった、と考えるより他にない。

思い当たることといえば、一年前の今頃、自分が原因の分からぬ高熱に侵され、兄が八方駆け回って医者を連れてきてくれたこと、そのお蔭で自分が命拾いしたことである。だが、それが原因で兄の様子がおかしくなったとは考えにくいと述べ、お佐世は話を続けた。

「兄はその少し前から、とある商家の娘さんと親しくしていました。兄は内緒にしていましたが、私はたまたま兄がその人と一緒にいるところを見かけてしまったのです。二人はとても睦《むつ》まじく、互いに想い合っているふうに……私の目には見えました。私に見られたと知るや、兄は『あのお嬢さんとは何もないから、誰にも言うな』と、釘を刺してきました。私は迷ったのですけれど、下手に騒ぎ立てれば相手の娘さんにも迷惑になると思い、兄の言いつけに従ったのでございます」

兄とその娘がいつから付き合っていたのか、付き合いと呼べるほどの間柄だったのかどうか、実のところは分からないと、お佐世は言った。

「ですが、ここ一年、兄が出かけていくことは少なくなりましたし、以前はこっそりと交わしていたらしい文《ふみ》のやり取りもなくなりました」

「今のお話からすれば、兄君とお嬢さんとの仲が壊れた、ということなのでしょうが、それはお佐世殿のせいなのですか」

「私のせいだという確かな拠り所はありません。ですが、兄の様子が変わったのは私の大病の後。あの時、お医者さまへのお支払いは我が家には高額でしたのに、兄がすべて払ってくれました。けれども、同心見習いに過ぎぬ兄がまとまったお金を持っているはずがないのでございます」

「つまり、そのお金は、兄君がお付き合いしていたお嬢さんから出ていたのではないかと、お疑いなのでしょうか」

「…………」

「もしや、それがきっかけで二人の仲が壊れた、もしくはそれを手切れ金としてお嬢さんから付き合いを絶たれた、下手をすれば、兄君がお金を作るためにお嬢さんを脅した、などということを、お佐世殿は恐れておられるので?」

左膳がすらすらと述べると、

「兄がお相手の方を脅した、とまでは考えていませんでしたが……。そういう考え方もあるのですね」

あっけに取られる一方、少なからず衝撃を受けた様子でお佐世が呟く。

「あまり真面目に受け止めることはありませんよ」

おちかが口を挟んできた。

「兄は考えつく最悪の事態を言ったのです。お佐世殿の兄君が気立てのよいお方なら、脅すなんて考えは浮かびもしないでしょうから、ご心配には及びません」

「人を性悪《しょうわる》なふうに言わないでくれ」

左膳は苦虫《にがむし》を嚙《か》み潰したような顔で、おちかに言った。

「さて。お佐世殿の勘が当たっていれば、一年前に兄君とお相手のお嬢さんに何かがあった見込みは高いと思われます。その真実を知りたいということでしたら、占いよりも、事の吟味《ぎんみ》をお頼みくださった方が確実でしょう。占いよりは高くつきますが……」

「いえ、真相が分かったところで、私にできることはありません。ですから、兄とそのお嬢さんの相性を見ていただけないかと思ったのです。それでどうなるわけでもないのですが、今の兄をただ見ているだけというのも忍びなくて……」

左膳に向けられたお佐世の眼差しには必死の色が浮かんでいる。左膳はゆっくりとうなずいてみせた。

「お話は分かりました。占いをお引き受けすることはできますが、兄君とお相手のお嬢さんの生まれた月日などを教えていただくことが入用かもしれません」

「兄のことはもちろんお知らせできますが、お相手の人は……」

「失礼ですが、どこの誰か、ということはお分かりなのですよね」

「はい。京橋の紙問屋、真砂屋《まさご》の娘で、おこうさんといいます」

左膳はおちかに、右京のところへ行って相性占いの要件を訊いてきてくれるようにと耳打ちした。おちかが立っていってから、

「真砂屋のお嬢さんの生まれた月日も、調べれば分かるでしょう。お頼みくださ れば、見料に少し色をつけた代金でお引き受けいたしますよ」

と、左膳はお佐世に告げた。

「それでしたら、お頼みしたいです」

お佐世はやっと緊張の解けた様子になり、お茶にも初めて口をつけた。

さほど間を置かずに戻ってきたおちかは「お二人の生まれた年と月日、できれ

ば場所も知りたいそうです」と右京の言葉を伝えた。

「では、真砂屋のお嬢さんのことはお任せいただいて、兄君のことをお聞かせください」

左膳が目配せすると、おちかがすぐさま紙と筆を用意し、お佐世の告げる言葉を書き取っていく。

「とりあえず五日後にまた来ていただけますか。間に合わない場合は、前日までにこちらからお伝えしに行きますので」

お佐世の住まいは八丁堀の組屋敷だというから、さほど遠くもない。

「よろしくお頼みいたします」

お佐世は深く頭を下げて、帰っていった。お佐世を見送りに出たおちかが部屋まで戻ってくると、

「とりあえず、京橋の紙問屋、真砂屋のおこうさんについて調べるのはお前に頼んだよ」

と、左膳は告げた。おちかは一瞬鋭い光を浮かべた目をすぐに伏せ、

「分かったわ、兄さま」

と、いつも通りの口調で答えた。

三

お佐世がよろず屋玄武を訪ねてきてからちょうど四日後の夕方。

早めに店じまいをした玄武では、左膳、右京、おちかの三人が奥の部屋に集まっていた。

「今からは素でいこう。話の中身は分かっているな、二人とも」

「はい、左膳さま」

と、おちかが素である周子の口調に戻り、きびきびと答えた。

「浦野佐世からの頼みごとでございますね。真砂屋の調べはすでに済んでおります」

「手際がよくてけっこう」

と、右京が言う。もちろんお佐世から聞いた件については、すべて右京にくわしく話してあった。

「浦野万次郎とおこうとの関わりも分かったのだな」

左膳の言葉に「はい」とうなずいたおちかは、「ただ、聞いていた以上に複雑な事情がございました」と続けた。

「聞こうか」

左膳の言葉に表情を引き締めると、おちかは語り出した。

「一年前に、浦野万次郎とおこうの仲が絶えたのではないかという、お佐世の推測は当たっておりました。お佐世の療治《りょうじ》にかかった代金が、おこうから出ていたのではないかという推測も、半ば当たっております。実は、万次郎とおこうは一年前、駆け落ちを期しておりました。三月十五日の晩、約束の場所――そこまではおこうも口を割らなかったのですが、端々に出た言葉からおそらくは江戸橋《えどばし》の袂《たもと》と推測いたします――とにかく約束の場所で落ち合い、江戸を出る心づもりだったのです。その旅の費用を二人はひそかに貯めていたようで、お佐世の療治の費用はそれで賄《まかな》ったのでしょう。おこうから聞いた話によれば、その晩、万次郎は来なかったとのこと。万次郎が行けなかったのは、当日、お佐世が病に倒れ、医者を探し回っていたためでございました」

「おこうは、そのことを知っているのか」

左膳の問いに、おちかは「いいえ」と感情のこもらぬ声で答えた。

「ふむ。そうなると、おこうは自分がもてあそばれて捨てられた、と思っているかもしれないのだな」

「まさに、その通りでございます。とは申せ、一年が経とうという今、気持ちを立て直そうとしているようで、婿養子を迎える縁談が進んでいるとも聞きました」

「なるほど」

今回の話は、万次郎とおこうの当事者から持ち込まれたものではない。二人のどちらかが元の鞘《さや》に収まりたいと望んでいるのならばともかく、そうではないのだ。そして、話を持ち込んだお佐世自身も、二人の仲を取り持ちたいと言ったわけではない。そもそも、二人が駆け落ちを考えたのは、武家の跡取りと商家の跡取り娘では一緒になるのが難しいと分かっていたからだろう。跡取りの万次郎が駆け落ちすれば、お佐世自身の人生が変わってしまう恐れもある。

「お佐世は、兄と女が別れた原因は自分にあると負い目を感じ、苦しんでいるのだろう。ならば、その傷をわざわざ深くするには及ぶまい。駆け落ちの件は知らせず、二人の相性は浮かぶ瀬もないほどひどいものであったと言えばよいのではないか」

右京が淡々と述べ、おちかは少し困惑した様子で目を下に向けた。

「まあまあ、占う前から相性が悪いと決めつけることもあるまい。とりあえず占ってみてはどうかな」

左膳が勧めると、「それはかまわないが」と右京はしぶしぶ言う。その甲斐《かい》があるのかと疑問に思っているようだ。

「当たり前だが、我々には嘘偽りのない結果を知らせるように」

念押しすると、「分かっている」と眉間《みけん》に皺《しわ》を寄せた右京が答えた。おちかはほっと安堵《あんど》した様子で、

「これが万次郎とおこうの生まれた年と月日、場所でございます」

と、一枚の紙を右京に恭《うやうや》しく手渡している。

右京はそれを持って部屋を出ていった。式盤《しきばん》を使って結果を出すのだろう。

「左膳さま」

右京がいなくなると、おちかがやや緊張気味に声をかけてきた。

「万一、二人の相性がよかったとしたら、どうなさるおつもりですか」

「さて、どうしたものか」

自分でも思いのほか、気の抜けたような声が出た。いわゆる余計なおせっかいをするべきなのか、右京の言う通り、依頼人の心の負担を軽くしてやるだけでよ

いのか、答えに至る道筋が見えない。

「そなたはおこうとやらをどう見た。万次郎に心を残しているふうだったか?」

「はい。私にはそう見えました」

おちかは生真面目《きまじめ》な表情でうなずいた。

「ふむ。お佐世の話では、万次郎は傍目《はため》にも分かるほど未練があるようだが……」

左膳が考え込んだ時、右京が戻ってきた。いつもとまったく変わらないその表情から、相性占いの結果を推し量るのは難しい。

「どうだった」

と、左膳が問えば、「まず一緒になることはできぬ運命だな」と右京は平然とした口調で述べた。

「結果を枉《ま》げてはいるまいな」

「それはしないと言った」

少しばかり憮然《ぶぜん》とした様子で右京が言う。おちかが目を伏せるのを目の端にとらえながら、左膳は「そうか」と呟いた。

「ところで」

と、右京が唐突に話を変える。

「この度はよくやったな」

声をかけた相手はおちかであった。おちかは顔を上げたが、何のことかと訝しげな表情を浮かべている。

「おこうとやらいう娘の件だ。生まれた月日くらいは本人に近付かないでも調べられるだろうが、駆け落ちの件まで知り得たのは本人に接したからであろう。頼みごとを引き受けてからわずか四日で、そこまでとは……いや、見事なものだと思ってな」

「右京さまからのお褒めの言葉、恐縮でございます」

おちかが恭しく頭を下げる。

「若い娘の心を溶かす手練手管《てれんてくだ》もございますので」

「ん？」

考え事をしていた左膳の耳に、おちかの言葉が留まった。

「そんなものがあるのなら、ぜひ伝授してもらいたいものだな。なあ、右京」

右京はどうでもいいという表情を浮かべ、おちかは眉をひそめた。

「女人同士、友情を結ぶための手法でございます」

一段冷えた右京の声が左膳に向けて飛んでくる。

「まあ、それでも聞かせてくれ。周子殿がどうやっておこうとやらを落としたのか」

「大したことではありませぬ。おこうの気質は公平を重んじるといいますか、貸し借りは作りたくないようなところがございましたので、少し親しくなったところで、私から切り出したのでございます。実はかつて駆け落ちを約束した人がいたのに、裏切られたというような話を――」

「ほう」

「その時にはまだ、万次郎とおこうの駆け落ちの話はつかんでいなかったのですが、お佐世の話からそのあたりだろうと推し量れましたので」

「なるほど、その賭けが見事に当たったというわけか」

「はい。思い切り不幸な女子《おなご》のふりをして見せましたら、私の涙につられて、おこうも泣いてくれまして。その後、自分だけが黙っていることに負い目を感じたのでしょう。『実は……』と打ち明け始めました。あとは、話の合間に相槌《あいづち》や問いかけを挟んで、こちらの望むように誘導したというわけでございます」

「標的の心をつかむ手管を磨くのはけっこうなことだ。この先、本来の仕事で、周子殿に働いてもらうことも出てくるだろうからな」

右京の手放しの賛辞に、左膳もうなずいた。

「さて、互いに恋心を忘れ去ったわけではない二人の一件、右京の占いには相性よからずと出た。また、お佐世が負い目を感じていることも踏まえた上で、落としどころを見つけていくとしようか」

右京とおちかの顔を交互に見つめる。二人から異論は出てこなかった。

「では、それぞれの考えを聞こうではないか」

左膳が張りのある声で言うと、おちかが表情を引き締めた。

それから、半刻ほどの間、三人は思うところを述べ合い、それぞれの果たす役目も決めていったのだった。


素に戻っての話し合いが終わると、右京は提灯《ちょうちん》を手に自分の長屋へと帰っていった。見送りに出たおちかは戸締りをしてから、二階の部屋へと向かう。左膳に右京が帰ったことを知らせた後、自分の部屋へ引き取るつもりであった。

素に戻って話をするのは三人で策を練る時だけとし、それ以外は仲間内でも素は出さない取り決めである。つまり、今は左膳のことを「左膳さま」と呼んではならない。

「兄さま、失礼しますね」

おちかの口調で馴れ馴れしげに語りかけ、返事がある前に襖《ふすま》を開ける。周子としてはそんな真似は決してしないが、おちかとしては兄に遠慮しない気質ということで通しているからだ。

だが、襖を開けて目に飛び込んできた左膳の背中を見た瞬間、我を忘れた。

「左膳さま……」

自分でもどうしてか分からなかったが、そう呼びかけてしまった。左膳は文《ふ》机《づくえ》に向かって座っており、そばに置かれた行灯《あんどん》がその後ろ姿を、妙に切なげに浮かび上がらせている。

「どうした」

と、左膳が問いかけてきた。その声はよろず屋主の兄ではなく、素の高階左膳のままであるように、おちかには感じられた。その雰囲気に引きずられるまま、

「右京さまはお帰りになられました」

と、おちかは言ってしまった。左膳からは「そうか」とだけ返ってくる。

「では、左膳さま。お休みなさいませ」

結局、最後まで兄と妹には戻れなかった。おちかが襖を閉じるまで、左膳は一度も振り返らなかった。

四

今から六年前になる宝暦《ほうれき》五（一七五五）年、高階左膳はとある高貴な女人と、戯《たわむ》れの、ほんの気まぐれとも言うべきことを企てた。叶うはずもないと互いに分かっていた約束、ただ口にするだけであらゆる柵《しがらみ》から逃れられるような心地になれた約束、その気分を味わうだけで互いに満ち足りていたはずの、あの約束――。

思い出したところで何の甲斐《かい》もない――はずの過去が、今になって左膳に迫ってくる。そして、江戸八丁堀のよろず屋の店主に戻るのを妨げようとする。

（緋宮《あけのみや》さま……私たちは、いや、私はどうすれば……）

左膳は文机を前に座したまま、苦悩に満ちた目を静かに閉じた。

六年前、左膳は二十三歳、緋宮は十六歳の初々しい少女だった。少女と呼ぶにはふさわしからぬ大人びたところもあったが、幼い頃から知る左膳の目にはまだまだ子供のように見えていたのも事実である。

緋宮は先帝、桜町《さくらまち》天皇の第二皇女であった。ただの皇女ではない、五摂家《ごせつけ》の一角たる二条《にじょう》家出身の女御《にょうご》を母とする皇女である。さらに、同母姉である第一皇女は夭折《ようせつ》していたため、桜町天皇のただ一人の皇女でもあった。

名を智子《としこ》といい、内親王宣下《せんげ》も受けている。

生母である二条舎子《いえこ》は皇子を産むことなく、緋宮の異母弟に当たる八穂宮《やほのみや》を養子に迎え、実子として育てていた。その八穂宮が今の世を治める桃園《ももぞの》天皇である。

左膳は高階家の後継者として、桂木家の後継者である右京と共に、この一家に子供の頃から仕えていた。いざという時には、緋宮と八穂宮を守ることこそが、陰として帝の一族を守る二人の宿命であった。

左膳と右京は幼いながらも、それぞれの家の役割を叩き込まれていたが、守られる側の宮たちは二人の覚悟には気づいていなかったろう。実際、これという危険が宮たちの身に降りかからない限り、左膳と右京は遊び相手であり、共に学ぶ仲間のような扱われ方であった。

左膳が緋宮を、右京が八穂宮を守ることになったのは、年の順に従ったものであったが、互いの相性も加味されていたのかもしれない。その命を下したのは、二人の父である桜町天皇であった。

高階家と桂木家の当主に対し、直に命令できるのは天皇家の家長、もしくはその代理である。

桜町天皇は譲位後も両家への命令権を持ち続けたが、崩御《ほうぎょ》の折、それを皇太后《こうたいごう》の二条舎子に譲った。皇位はそれ以前に八穂宮――桃園天皇に譲っていたが、天皇がまだ幼かったためである。もちろん、桃園天皇が成人すれば、この命令権も舎子から帝へ譲られることになっていた。

桜町上皇の崩御後、舎子は青綺門院《せいきもんいん》となり、左膳と右京はこの女院《にょいん》の指揮下に入ったが、左膳が緋宮を、右京が桃園天皇を守るという役目は変わらなかった。

右京は桃園天皇の元服《げんぷく》に合わせて、仮の身分と名を得ていたが、左膳は特にそういうこともせず、緋宮のそばにい続けた。緋宮が公式な立場で活動する――たとえば、誰かの妻になるという時が来れば、左膳にも外で活動できる仮の身分と名が与えられるだろうが、まだそのようなこともない。

皇女が夫を持つ場合、釣り合う相手といえば、親王か五摂家の子息、場合によっては江戸の将軍くらいだろう。ふさわしい相手がいなければ、生涯を独り身で過ごすこともあり得る。

十六歳になった緋宮に縁談が舞い込んでも不思議はなかったが、当時、そのような話はまったくなかった。天皇のただ一人の姉宮という立場は、夫となる男の条件をいっそう厳しくしていたのかもしれない。

左膳にしてみれば、七歳年下の貴い皇女が誰かの妻になる姿は、まだまだ思い描くことができなかった。

そんな緋宮に対する思い込みがふと変わる時が訪れた。六年前の春——左膳にとって忘れがたいものとなる春のことであった。

「これを見ておくれ、左膳」

緋宮が目の前に広げた絵巻を指して、少しかすれた声で言った。妙に思って緋宮を見つめていると、早く絵を見るようにと急《せ》かされた。

左膳は膝を進め、緋宮と向かい合う形で絵巻を眺めたが、反対側から見る形になる。

「こなたへ」と緋宮の隣を示されたので、左膳は言われた通り場所を移した。

「『伊勢物語』でございますね」

物語の初めの方にある在原業平《ありわらのなりひら》と二条后《にじようのきさき》——藤原高子《ふじわらのたかいこ》との恋を描いたも

のだ。当時の高子は藤原氏にとって大事な娘であり、いずれは帝のもとへ入内《じゆだい》させるための重要な駒であった。

引き裂かれそうになった二人は、すべてを捨てて駆け落ちを決意する。

今、緋宮が眺めていたのは、業平が高子を背負って芥川《あくたがわ》までやって来た場面であった。

「業平公が後ろを振り返っているわ」

緋宮は目を絵の中の二人に向けたまま、ささやくように言った。

「はい。追手が来ないか、確かめているのかと」

左膳が答えると、「いいえ」と緋宮が返してきた。

「業平公は背負った姫を見つめているのよ」

緋宮の声がうっとりとしたような調子を帯びる。

(恋物語に心を奪われるお年頃になられたのだな)

年の離れた兄が妹を見るような思いに打たれた。

この場面は絵巻や色紙、貝合《かいあわせ》の貝などによく描かれるもので、男が女を背負い、振り返るという構図もたいてい同じだ。追手を用心しているという左膳の見方と、緋宮の見方は違っていて、そのことが少し新鮮だった。

「ここで、姫は露を指して尋ねるの。『あれは何。白玉《しらたま》かしら』って」

自分も同じことをしてみたい、とでもいうような物言いに、左膳は笑みを浮かべた。

「まあ、何ゆえ笑うのです」

すかさず気づいて、緋宮が咎《とが》めてくる。

「いえ、緋宮さまもこの物語の姫のようなことをなさりたいのか、と思いまして」

おかわいらしいことだと思いつつ、少しからかう気持ちもあった。ますます緋宮が怒るかもしれないと思ったが、予想は外れた。緋宮は存外真面目な表情になると、

「してみたいわ」

と、左膳に目を据えて言ったのだ。

「世の中には、わたくしの見知らぬものがたんとあることでしょう」

緋宮の眼差しの強さと熱さに目をそらしてしまいたくなるのをこらえ、左膳はうなずく。

「おっしゃる通りかと――。世の中は広く、私も知らぬものがたくさんございま

す」

「ならば、それらを見に行きたい」

緋宮の眼差しがさらに強い光を帯びた。

「左膳がわたくしを連れ出してくれれば……」

挑むかのような眼差しに、左膳は気圧《けお》されそうになる。緋宮は幼い頃から無茶を言わない少女であり、左膳は緋宮の言葉に逆らったことはなかった。ただ、緋宮とて軽い戯れを口にすることくらいはあった。

これを戯言《ざれごと》と考え、左膳は気持ちを立て直して口を開く。

「よき案ですね。緋宮さまが高子姫で、私が業平公でございましょうや。緋宮さまを背負って逃げよ、と——?」

緋宮の張り詰めた双眸《そうぼう》がわずかに潤《うる》んだように見えた。だが、もっとよく見ようと思った時にはもう、緋宮は目を絵巻の中の男女へと移していた。

「その時は、業平公のごとく見事な歌を詠んでおくれ」

「それはまた……難しいお言葉かと」

歌詠みとして名高い男を引き合いに出され、左膳は顔をしかめる。

「そういえば、業平公は姫のもとへ忍び込む際、見張りに邪魔されて難儀《なんぎ》したという話がございましたな」

確か、自分が姫のもとに通っていく晩には見張りが寝ていてくれればいい、というような歌を詠んだはずだ。その歌の中で見張りは関所を守る「関守《せきもり》」と詠まれていた。そんな話を互いに交わした後、緋宮はふと目を閉じると、歌を口ずさんだ。

関守も木石《ぼくせき》ならねば望月《もちづき》に　見入れる隙に我を率《ゐ》て行け

ここで言う「関守」はもちろん、緋宮の部屋に誰も通すまいとする見張り役のことだ。彼らも情緒を介さぬ「木石」ではないから、美しい満月に見惚《みと》れる隙はあるだろうと言っている。そして、

――その隙に私を連れ出して。

何という大胆な詠みぶりなのだろう。「満月の晩、私を御所の外へ連れていって」とは――。

だが、この大胆な命令は歌だからこそできたことだ。いざとなれば、ただの歌だと言い逃れられるからこそ。

緋宮は絵に見入ったまま顔を上げようとしない。膝に置かれた白くて細い手が小刻みに震えているのを目にした瞬間、真剣なのだと左膳は悟った。少なくとも、歌にこめられた気持ちだけは緋宮の本音なのだと——。

だが、それが分かったところで、許されないのは揺るぎない事実である。

それでも、すぐにたしなめる言葉を吐くことはできなかった。歌で必死に思いを伝えてきた相手に、言葉で道理を説くのも無粋《ぶすい》であった。

この時、左膳は何も言わず、緋宮のもとを下がった。

それから、満月の晩の前日まで、緋宮と左膳の間で、この時の話が蒸し返されたことはない。問いただすべきか、その上で納得するまで道理を説くべきか、左膳自身は幾度となく、いやずっと悩み続けた。

だが、何も問えぬまま、次の満月の日が来てしまった。その当日の昼間、いつものように護衛の任に就いた左膳は人のいない隙を見て切り出した。

「先だっては身のほどをわきまえぬことを申しました。幼き日よりの知己《ちき》であることに免じてお許しいただければ、と願うばかりでございます」

緋宮からの返事はなかった。彼女がどんな表情を浮かべているかは、頭を下げていた左膳には見えなかった。

「ただ今からは、緋宮さまをお守りする高階左膳として申し上げます」

腹の辺りに力をこめ、息も吐かずに一気に告げる。

「今宵《こよい》の関守は、この左膳。誰であろうと、宮さまに近付かせはしませんし、宮さまを外へお連れすることも許しませぬ」

戯れの言葉に対し、真面目に返せば無粋である。だが、本気の言葉を聞き流すのは不誠実であった。

「……そう。それは心強いこと」

緋宮の少し低めの声は落ち着いて聞こえた。決して打ち沈んでいる声ではなかった――と左膳は思う。

だが、その日、緋宮と目を合わせることはできなかった。

そして、緋宮に誓った通り、左膳は満月が西の山《やま》の端《は》に沈むまで、御所の関守を務めた。

(もし私がお部屋へ忍んでいくことを、緋宮さまが待っておられるのなら……)

心ひとつでできぬことではなかった。長い一晩の間に、一度も迷わなかったと言えば嘘になる。

それでも、緋宮の言葉は戯れに過ぎないと自分に言い聞かせた。広い世の中を見たいという気持ちが本物だとしても、左膳に連れ出せと命じたのはただの軽口なのだと――。

長い一夜はやがて明けた。

翌朝、左膳は緋宮と顔を合わせた。緋宮の様子に変わったところはなく、左膳もそれまでと変わらぬふうに振る舞った。その次の日も、また次の日も――。

そうして日々を重ね、まるで何事もなかったかのように、どれくらいの時が過ぎた頃だったろうか。

ふと、緋宮が独り言のように一首の歌を呟くのを、左膳は聞いた。

かひなしと人の心ぞうらめしき　身を尽くしてもと思ひしものを

――どうせうまくいかないと初めからあきらめていたあなた。その心に気づかなかったことが残念だわ。わたくしは身を捧げてもいいと思っていたのに。臆病な人。

緋宮の双眸はまっすぐに左膳を見つめていた。熱を帯びたその両目は少し潤んでいた。

五

八丁堀の同心の娘、お佐世が再びよろず屋玄武へ足を向けたのは、最初に訪ねた日からちょうど五日後であった。

よろず屋への依頼——兄万次郎の想い人、真砂屋のおこうの生まれた年と月日を調べ、兄との相性を占っておくという仕事の期日である。

兄とおこうの相性が悪ければ、初めからそういう運命だったのだと、お佐世も納得するつもりであった。一年前、自分が高熱を出したことが原因で、二人の仲がうまくいかなくなったとしても、それこそが神仏の計らいだったということだ。

では、もし二人の相性がとてもよかったならば——。

(その時、私はどうすればいいのだろう)

その答えは、お佐世自身も持っていなかった。それを見つけようと考え始めると、そもそも占いに頼ることから、どうかしているなどと浮かび、堂々巡りになってしまう。どうしていいか分からないから、占いに頼ろうと思ったのに、占いの結果次第では悩みが続くのだ。

（私は、二人の相性がよくないことを願っている……。それも自分が楽になるためだけに）

そのことに気づくと、自分の心の醜さを突きつけられたようで、とても嫌な気分になる。よろず屋玄武に到着した時、お佐世の気分はすっかり滅入《めい》ってしまっていた。だが、覚悟を決めて暖簾をくぐる。

「いらっしゃいませ」

前に話を聞いてくれた主人の左膳が帳場から声をかけてくれた。その整った顔を目にすると、お佐世の気分は少し向上した。占い師の男は客の相手をしており、他に順番を待つ客が一人控えている。

「奥でお話をさせていただきますので、どうぞお上がりください」

左膳の言葉に従い、履物を脱いで後に続く。占い師の男が会釈をしてきたので、お佐世も軽く頭を下げた。

結果が気になったが、占い師の澄ました表情から読み取ることは難しかった。

前に通されたのと同じ部屋の襖を左膳が開けて、お佐世を先に通してくれる。

中には若い娘が二人いた。一人は左膳の妹のおちかだが、もう一人は――。

（おこうさん……）

前に見た時から一年以上が経っていたが、見間違えることはない。

一方、おこうはおそらく自分の顔を知らないだろうと、お佐世は思っていたのだが……。

お佐世を見るなり、おこうは表情を変えた。その顔つきは、お佐世の正体に感づいているが、今日ここで会うとは思ってもいなかった、というふうに見えた。ならば、これはよろず屋玄武の思惑で用意された場ということになる。

「あの、これはどういう……」

お佐世は後から入ってきた左膳に尋ねた。おこうはおちかに困惑の目を向けている。

「まあまあ」

左膳はのんびりした調子で言い、「まずはお座りください」と、おこうの前の席を勧めてきた。おちかは、すばやくおこうの隣へ移っている。そのおちかと向かい合う形で、左膳がお佐世の隣に座った。

「こちらは京橋の紙問屋、真砂屋のおこうさんです」

左膳がおこうを引き合わせ、お佐世のことも相手に「浦野万次郎殿の妹御」と伝えた。

「こうと申します」

おこうが先に深々と頭を下げ、震える声で挨拶した。お佐世がおこうを責めに来たとでも思っているのかもしれない。

「浦野佐世です」

あまり相手を脅えさせないようにと思いながら挨拶を返したが、硬い声になってしまうのはどうしようもなかった。

「お佐世殿にお願いしたいことがあり、こちらへお招きいたしました。よろしければ、おこうさんに先日のお話をしてくださいませんか。私どもからは何もお伝えしておりませんので」

「先日の話とは何を申せばよいのでしょう」

お佐世は困惑した。まさか、兄とおこうの相性占いを頼んだなどと本人に言えるはずがない。

「一年前、お佐世殿の御身に起こったことと、兄君がしてくださったことについてです。おそらく、おこうさんは何もご存じないと思いますので」

それならば話しても問題はない。左膳の勧めに従い、お佐世は自分が原因不明の高熱を出したこと、兄が医者を見つけてきてくれたお蔭で助かったことを語った。

　ただし、高い治療費がかかったことと、それがおこうから出ているのではないかという推測は伏せておく。

「それは、いつのお話なのでしょう。その、何月何日のことか、覚えておいでですか」

　おこうがどこか思い詰めたような声で尋ねてきた。

「はい。高熱が出たのは三月の半ば、十五日のことです。お医者さまに来ていただいたのはこの晩のことで……」

　お佐世の返事を聞くなり、おこうが両手を口もとに持っていく。それから何かをじっとこらえるようにしていたが、やがて肩を震わせながら涙を流し始めた。それでも、決して声を上げまいと、口もとをぎゅっと両手で押さえている。

　おちかが手ぬぐいを差し出し、おこうはそれで涙を拭くと、やがて落ち着きを取り戻した。

「大変失礼をいたしました」

　おこうは丁寧に頭を下げた。なぜおこうが泣いたのか、お佐世には分からない。それを訊きたいという気持ちはあったが、面と向かって尋ねてよいものかと迷う気持ちもあった。

「お佐世さまのお話を聞けてよかったです」

おこうの声には感謝の響きだけがあった。恨みも悲しみもまったく伝わってはこない。

(おこうさんは兄上を恨んでいないのだわ)

そう思うと、お佐世の気持ちも楽になった。だが、おこうの眼差しは、それ以上は訊かないでほしいと訴えている。それが分かったので、お佐世は何も言えなくなった。

「おこうさんの心につかえていたものを取ってくださったのは、お佐世殿です。私どもからも御礼申し上げます」

左膳が口を添え、お佐世はうなずいた。

何となく、兄とおこうの間にあったことを推し量ることはできたが、それをおこうの口から無理に語ってほしいとは思わない。

それから、おちかが運んでくれた茶菓子を皆でいただき、お佐世は先に帰ることにした。お佐世に続いて部屋を出た左膳が、

「兄君のことはもうご心配にならなくてよいと存じますよ」

と、小さな声でささやいてきた。

「いずれにしても、決めるのは兄君とおこうさんです」

「そうですね」

素直な気持ちで言葉を返す。

「おこうさんの心のつかえを知って、今日の席を設けてくださったのですね。ありがとうございました」

お佐世は立ち止まって、左膳に頭を下げた。

「後のことは、私どもにお任せください。ところで、兄君とおこうさんの相性占いの結果はお聞きになられますか」

「いえ、それはもう聞かなくてけっこうです。ただ、ここまでのことをしていただき、代金の方はどうなりますでしょうか」

占いではなく、頼みごとを引き受けてくれたようなものなのだから、その分の代金を支払わなければならないだろう。その額が気になるところであったが、左膳は二回分の見料でかまわないと答えた。

「その代わり、今後ともうちの店をご贔屓《ひいき》にしていただければ助かります。次は兄君にも足を運んでいただきたく思うのですが」

左膳の物言いにある含みを察し、「分かりました」とお佐世は答えた。

「次は、兄をこちらに出向かせるようにいたします。いつでもおっしゃってください」

最後は、よろしくお願いしますと頭を下げた。


浦野万次郎は三月十四日、妹のお佐世から強く頼まれ、幸町のよろず屋玄武へ浅草紙を買いに出向く羽目となった。初めは「遠くないのだから自分で行きなさい」と断ったのだが、頭が重いの鼻水が止まらないのと、お佐世はぐずぐず言っている。一年前、高熱を出した時のことを思い出すと、少し怖くなり、それ以上強くは言えなかった。

非番なので暇ではあったが、一年前のことを思うと、気持ちがふさぐ。外へ出るのも億劫《おっくう》だったが、万次郎は気持ちを奮《ふる》い立たせて幸町へ向かった。

（明日は三月の十五日か）

一年前、日本橋川《にほんばしがわ》にかかる江戸橋の袂で、夜五つに落ち合う約束をした。木戸が閉まる夜四つまでは互いに待とうと取り決めたが、それまでに来なければあきらめようとも言い合っていた。互いに納得ずくのことである。次はないということとも、口には出さずとも分かっていた。この日が無理なら、別の日にすればいい、というほど容易なものではない。

この日の駆け落ちとて、二人とも運を天に任せる覚悟で、ようやく決心したのだ。これがうまくいかなければ、天がそう望んだのだと思うしかなく、次を計画する気力が二度と湧いてこないことは分かっていた。

ただ一度きりの機会――。

それと分かっていて、あの晩、行かなかったのは――行かないと決めたのは万次郎自身だ。高熱で苦しむ妹を見捨てて、自分だけ仕合せを求めることはできなかった。たとえおこうを得て、そのことに喜びを嚙み締めることができたとしても、自分は生涯、妹の苦しむ姿から逃れることはできない。それでは、おこうにもつらい思いをさせてしまうだろう。そう思って奔走《ほんそう》した結果、腕のよい医者を見つけ出してくることが叶い、妹はよい薬を処方されて快復した。妹に持病はなく、その高熱も突然のことで病名も判然とはしなかったが、おこうとのことはそういう運命だったと思うしかなかった。

（ただ、叶うことならば――）

もう一度会って、しっかりと謝りたい。言い訳をする気はないが、せめて人づてや文によってではなく、直に謝ることができたなら——。その思いから、おこうにはあれ以来、文一つ送っていない。文が人に見られたら迷惑になるだろうという用心もあったが、直に謝りたいという気持ちの方が大きな理由であった。

(私はいつまで未練を持っているのか。あちらはもう、私のことなど忘れているかもしれないのに)

一年前の約束の前日ということもあり、道すがら万次郎はおこうのことばかり考えていたが、やがて幸町に足を踏み入れた。妹から聞いていたよろず屋玄武の場所はすぐに分かった。

茶色の暖簾には、亀の甲羅と蛇の頭を組み合わせた玄武と見える絵柄が染め抜かれている。その暖簾をくぐると、「いらっしゃいませ」とたいそう顔立ちの整った男が声をかけてきた。

(そういえば、お佐世が言っていたか。店主は見目麗《みめうるわ》しい男だとか何とか)

帳場から声をかけてきた愛想のよい男が、おそらく店主だろう。その隣で占いをしている男も顔立ちは整っているが、店主よりは地味で、やや冷たそうにも見える。

「浅草紙を百枚もらいたいのだが」

客が並んでいる占い師の男ではなく、帳場の店主に声をかけると、すぐに「かしこまりました」と返ってきた。百文を支払い、品物を受け取ったらすぐに帰るつもりであったが、

「お客さまは初めておいでくださったのですよね」

と、品物を取り分けながら店主が声をかけてくる。

「うむ。妹からここを教えられてな」

「もしや、浦野さまでいらっしゃいますか」

名を言い当てられて、万次郎は驚いた。すると、店主は高槻左膳と名乗り、お佐世が二度ほど店に来たということを教えてくれた。

「実は、その妹御のことで、少しお話があるのですが、中でいかがでしょうか」

左膳が浅草紙を手渡しがてら、少し声を潜めて問うてくる。思わせぶりな色男の眼差しに、まさか妹と深い仲になっているのではあるまいな、と疑問が浮かんだ。店を訪ねたのが二回だけというのが本当なら、そんなことはないと思うが、妹のことと言われては応じないわけにいかない。

左膳の案内で、万次郎は中へ上がった。奥の廊下に出たところで、左膳がふと呟く。

今はただ思ひたえなむとばかりを　人づてならで言ふよしもがな

――あなたとの恋は終わってしまった。今となってはただそのことを、人を介さず直にお伝えする手立てがあれば、と思います。

今の自分の気持ちを代弁するような歌を呟かれ、万次郎は思わず足を止めた。

歌自体は『百人一首』にもあるもので、万次郎も知っている有名なものだ。むしろ、今の自分の気持ちとこれ以上ないほど重なり合う歌なのに、これまで思い浮かべなかったことが不思議なくらいであった。同時に、どうして左膳が今この歌を呟いたのか、と考え始めると不気味である。

「実は、妹御がうちへお越しになった際、兄君のことを占ってほしいとおっしゃったのです」

左膳は振り返って、万次郎をじっと見つめてきた。

「私のことを……？」

「はい。兄君の行く末を見てほしいと――。結果は兄君に知らせるようにと承りましたので、今の歌をお知らせしたわけです」

この歌が占いの結果だったという。何でも歌占《うたうら》とかいう占いの一種で、その時の気持ちや運勢などを歌から読み解くものだそうだが、そのあまりの一致に万次郎は空恐ろしささえ覚えた。

「まあ、くわしいお話は奥のお部屋で」

左膳はそう告げ、再び前を向いて歩き出す。少し進んだ右手にある襖を左膳が開け、「どうぞ」と告げた。それに応じて、万次郎は襖の敷居を越える。

その瞬間、時が止まったかのように思われた。

中には若い娘が二人――そのうちの一人は、まぎれもないおこうだったのだ。

もう一人の娘と話をしていたらしいおこうの笑顔も、そのまま動きを止めていた。

やがて、おこうの強張《こわば》った顔から笑みは消えていった。

その時になってもまだ、万次郎は動くことができなかった。

「『人づてならで言う』時ではございませんか」

後ろからひそやかな声で左膳がささやいてくる。その瞬間、体の強張《こわば》りが嘘のように解けていった。万次郎はその場に正座すると頭を下げた。

「すまなかった、おこう。そなたを振り回した私の身勝手さに恥じ入るばかりだ。私にできることなら、どんなことでもしたいと思っている」

ひと息に言って、なおも頭を下げていると、静寂の中、小さく息を呑む声が聞こえた。確かめなくとも、おこうのものだと万次郎には分かった。

「頭をお上げください、万次郎さま」

ややあって、おこうが昔と変わらぬ優しい声で言った。

「私に謝っていただくことなどございません」

おこうは恨みも憤りもこもらぬ声で言う。そのことが胸に迫り、万次郎はたまらない気持ちになった。

「そんなことはない。私は一年前、約束の場所へ行かなかったというのに……」

万次郎は顔を上げ、おこうを見つめる。おこうはまっすぐ見つめ返し、それから切なそうに目を伏せて言った。

「それを聞いて安堵いたしました。実は、私もあの晩、約束の場所へは行かなかったのでございます」

万次郎は目を見開いた。だが、おこうはもう万次郎と目を合わせようとはしない。

「ですから、万次郎さまが私に謝ることはございません」

それからのことはよく覚えていない。万次郎にはもはやおこうに言うべきことはなかったし、おこうも同じだったようだ。気づいた時には、おこうともう一人の娘の姿はすでになく、左膳だけが万次郎の傍らに座っていた。

「先ほど、おこうさんの隣にいたのは私の妹です」

「その関わりから、今日の席を設けてくれたというわけか。お佐世も一枚嚙んでいたのだな」

「妹御はくわしいことはご存じないかと。私どもの求めに応じ、浦野さまが今日こちらへ出向かれるよう力を貸してくださっただけです」

左膳はそう告げた後、「余計なことでしたでしょうか」とおもむろに尋ねてきた。

「いや」

混乱する心はまだ静かにならないが、その返事に迷いはない。

「この場を設けてもらってよかった」

気持ちを整えることができたら、改めて礼に参ると言って、その日、万次郎はよろず屋玄武を後にした。

六

翌日の晩、左膳は一人で日本橋川に架かる江戸橋の袂へ向かった。夜の五つ、思った通りの人物がそこにはいたが、声をかけることはせず、少し離れた場所に身を潜め、一刻《いっとき》が過ぎるのを待つ。

夜四つになり、木戸が閉まる時になっても、橋の袂に佇む人物は動き出さなかった。左膳は静かに橋の袂に向かった。

「おこうさんを待っておられるのですか」

声をかけた相手は浦野万次郎だ。

万次郎はずっと橋の袂に立ち続けていた。

「いや、そんなことは期待していない」

万次郎は静かに答えた。左膳が現れたことに、少しばかり目を見開きはしたものの、なぜ来たのかなどと問うてもこない。

「おこうが昨日、偽りを……優しさゆえの嘘を口にしたことは重々分かっているゆえ」

左膳は無言を通した。

「ただ、それでも私は今夜一晩、ここで過ごそうと思う。おこうが一年前、どれだけここで過ごしたのかは分からない。夜四つには家へ帰ったと思いたいが……。私は朝までここにいて、おこうの痛みを心に刻みたい。それを経てようやく、私自身も歩み出せる」

「そうですか。妹御が安心なさるでしょう」

「私は妹にも心配をかけていたのだな」

万次郎は自嘲《じちょう》気味に呟いた。

「私もお付き合いしてかまわないでしょうか」

「店主が……？」

訝《いぶか》しげな目を向けてきたものの、万次郎は何事かを察した様子で、「うむ」とうなずいた。

左膳は欄干《らんかん》にもたれて、黄金色に輝く満月を見上げた。

遠い昔、京でも満月を見ながら、寝ずに過ごした晩があった。

（もし、あの時、私が勇気を出していたなら――）

緋宮は左膳の手を取っていたかもしれない。二人で逃げ出すことができたとして、いったいどこまで行けただろう。追手を完全に撒《ま》いて、緋宮の望むように、見知らぬものを訪ね歩く日々を送っていただろうか。それとも、在原業平と二条后のように追手に捕らわれ、まったく別々の生涯を歩んでいくことになったのだろうか。

もし駆け落ちをした上、失敗していたら、左膳は高階家当主の座を継ぐことは許されなかったろう。帝の一族を守る役目を解かれ、その秘密に触れることもなくなり、緋宮にも近付けなくなったに違いない。いや、秘密の一端を知る以上、命を奪われる恐れさえあった。

そうした最悪の事態を想定すれば、まがりなりにも今、緋宮のために働くことができる人生は悪くないと言える。

考えることはいつも同じ。

最後はこうして自分を納得させるしかないのである。

恋人の高子を失った在原業平も、今の自分と同じ気持ちを抱きながら、月を眺めていたのだろうか。そんな状況で詠んだ業平の歌があったはずだ。

月やあらぬ春や昔の春ならぬ　わが身ひとつはもとの身にして

昔の恋人がまだ傍らにいた昔を思いつつ、月を見上げながら感慨にふけった歌だ。

今、空に浮かぶ月はかつて彼女と一緒に見た月ではない。今年も春が来たけれど、彼女と一緒に過ごした昔の春ではない。何もかもが変わってしまったというのに……。

（私だけが変わらぬまま……か）

歌の言葉に、自分自身の思いを重ね、左膳は胸でひそかに呟く。

口に出したわけでもないのに、万次郎がつと目を向けてきたように感じられた。

左膳は目を月から離さず、万次郎も何も言わない。

やがて、込み上げるものをぐっとこらえる気配が伝わってきた。

翌朝、おちかは右京が店へやって来るのを待ちかまえ、

「兄さまがいないの」

と、訴えた。

「昨晩の夜五つになろうという頃、出ていったきり、一晩帰ってこなかったの

よ」

右京は一度瞬《まばた》きしたが、表情は変えず、

「まあ、大人の男が一晩くらい帰らぬこともあるでしょう」

と、落ち着いた声で言った。

「左膳さ……い、いいえ、兄さまに限って、そんなことはないわ」

素を出しかけ、右京に冷えた眼差しで見据えられたおちかは慌てて言い換える。

左膳からの指示が出ない限り、仲間内でも素は出さない、というのは絶対の掟《おきて》だ。ふだんのおちかならば決して過ちは犯さないが、この時は焦っていた。

「ご主人に限ってそんなことはないと、どうして思うのですか」

右京はおちかに訊いてきた。

「だって、そんなことは今まで一度もなかったし……」

「今までにないことを理由に、今回もないとは言えないでしょう。ご主人とて、独り身の男。どこぞで泊まってきたとしても、咎《とが》められる謂《いわ》れはありますまい」

「兄さまが遊郭《ゆうかく》などへ行ったと言いたいの？」

右京は小さく息を吐いた。

そして、話は終わりだという様子で、店を開ける支度を始める。

左膳が女と遊ぶなどということは絶対にない――とおちかは思う。左膳が誰を想っているのかは知っている。そして、相手の貴い女人もまた、左膳を想っているということも――。

右京だって知っているはずだ。

だが、そのことをここで口に出すわけにはいかない。

左膳がいなくとも店は開けなければならないし、右京は占いの客が来たらその相手をしなければならず、買い物客の相手はおちかがしなければならない。

おちかは店を開けた時からずっと、左膳の代わりに帳場に座った。しばらくの間、買い物をする客はいなかったが、占いを終えた客が紙や草鞋《わらじ》を買っていくようになり、やがて買い物をするためだけの客も現れた。心なしか、いや、気のせいなどではなく、明らかに男が多い。

彼らは愛想混じりの顔つきで、おちかに話しかけてくる。やれ「お兄さんはどうしたの」だの、やれ「今日もかわいいね」だの、相手をするのもわずらわしい。

それでも、昼頃までには帰宅すると思っていたのに、左膳は帰ってこなかった。

「外で、何かあったんじゃ……」

昼の休憩を取った時、おちかが呟くと、右京は沈黙していた。今ここで動くべきか、もうしばらく様子を見るべきか、考えているのだろう。

左膳がいない時、物事を決定するのは右京であって、おちかではない。

「とりあえず、今日の夕刻までは様子を見ましょう、お嬢さん」

と、右京は使用人の言葉遣いで言った。それから「そういう取り決めになっていたはずだ」と、声を潜めて続けた。

確かにその通りである。窺見としての活動に危険があることは百も承知だ。その際、消息が分からなくなっても丸一日は動かずに待つ。それでも知らせがなければ、捜索の計画を立てる——それが三人の間で決めた約束事であった。

だから、右京の判断は間違っていないし、立場上、左膳と右京の配下であるおちかには異を唱えることができない。

（それでも——）

仲間である左膳の身が案じられる事態なのだ。何らかの策を講じてほしかった。見せかけに過ぎぬよろず屋の商いをいつも通り続けるよりも、しなければならないことがあるのではないか。

だが、おちかは不満を呑み込むしかなかった。昼過ぎからの店番はそれまでよりも苛立《いらだ》ちの募る仕事であったが、笑顔の下に焦りを隠して、おちかは何とか乗り切った。

待ち侘びた暮れ六つの鐘が鳴る。その時になっても左膳は帰ってこなかった。

「これ以上は待てないわ。暖簾を下ろして、すぐに兄さまを捜しに行くわよ」

おちかは店のお嬢さんとして、右京に命じた。

右京は無言で暖簾を下ろしに外へ出ていく。暖簾を下ろす音が聞こえて、戻ってきた右京の表情はいつもと変わりなかった。そして、

「もう出かけなくてもよいようですよ」

と、ふだん通りの声をかけてきた。

「えっ」

おちかは奥へ行きかけた足を止めて振り返る。

右京は表の戸を閉めていなかった。まさかと息を呑んで待っていると、果たして左膳が姿を見せる。

「今日はすまなかったね。店の方は何事もなかったかい？」

左膳はいつもの親しみやすい雰囲気で訊いた。

「はい。特に何もありませんでした」

右京もまた、常と変わらぬ調子で答える。その二人の態度が、おちかの癇《かん》に障

った。一晩、何も知らせず家を空けておきながら、夕刻に帰ってきて平然として
いる左膳も、そのことに一切苦言を述べない右京も腹立たしい。
おちかとして、ここは兄に怒ったとしても不自然な場ではないはずだ。
「兄さま、昨夜はどこにいたの。知らせもよこさず、今の今までいったい何を
……」
「まあまあ。そんなに怒ることはないだろう。それに、野暮《やぼ》なことを訊くもんじ
ゃないよ」
左膳はそう言い、何も言わぬ右京の脇を通り過ぎると、板の間へ上がってきた。
おちかの脇をそのまま通り過ぎていこうとする。
「待って、兄さま」
おちかは左膳の左の袖をつかんだ。左膳が振り切ろうと腕を引いたその時、
「……っ」
痛みに呻《うめ》くような小さな声が漏れた。同時に、左膳の袖がめくれ、手首から肘
までの辺りが一瞬だけあらわになった。
「あ……」
驚きと共に、おちかは袖を離してしまう。左膳は眉をしかめていた。そして、

袖を元に戻すと、何も言わずに去っていった。

「刺青《ほりもの》……桜の……」

いや、あれはよく見る淡紅色の桜ではなく、色の濃い大振りの華やかな緋桜《ひざくら》だった。南の島から持ち込まれたという緋桜の木を、おちかは京で見たことがある。

そして、その名からすぐに思い浮かぶ人がいた。

（緋宮さま……）

かつて身近に仕えていた人、今もすべてを捧げると誓っている我が主の君。

そして、左膳が想いを寄せているであろう人。

（緋桜の刺青を……）

色鮮やかな緋桜の刺青は一瞬しか見ていなかったにもかかわらず、おちかの眼《ま》裏《な》《うら》にしっかりと焼き付けられていた。

ふと右京と目が合った。

右京は無言で、何も言うなというように、首を小さく横に振ってみせた。

第三話　たぐいなき恋

一

三月も二十日を過ぎた頃、お佐世が「お世話になりました」とよろず屋玄武へ挨拶に来た。兄の万次郎の表情がすっかり変わったという。くわしいことは話してくれないが、兄の中で一連の物思いが整理され、新たな一歩を踏み出したことは分かったそうだ。

「これも、すべては左膳さまのお蔭でございます」

にこにこしながら左膳に言い、「これからもお世話になりますね」と言って、お佐世は帰っていった。そして、その言葉の通り、翌日から日を空けずによろず屋へやって来る。左膳が相手にしている客がいなければ、帳場の前に佇んで長々とおしゃべりをしていくようになった。初めは四半刻《しはんとき》（約三十分）であったそれが、少しずつ延びていき、半刻（約一時間）になるのはあっという間であった。

三月も残すところ、あとわずかという日、

「お佐世殿」

おちかがたまりかねた様子で奥から現れた。お佐世に向けられた目は冷え切っている。

「こちらへ来られてからもう半刻余りですわ。大したお話もおありでないのに、店に長居されては困ります」

刺々《とげとげ》しさを隠さぬ物言いに、お佐世の目が吊《つ》り上がった。

「分かりました。つまらぬ話でなければよいのですね」

どういう道筋の考え方をしたものか、お佐世はそう言い置いて帰っていった。

「おい、おちか。仮にもお佐世殿はお客さまではないか。あのような態度は……」

左膳がたしなめるも、おちかはつんと横を向くなり、まともに話を聞く様子はない。おちかは左膳が一晩家を空けて以来、よそよそしい態度を取り続けていた。

（まあ、妹が兄にそういう態度を取ることもあるだろう）

おちかの立場として不自然でなければかまわない。また、お佐世の依頼はすでに終わっており、こじれたとしても大した障りにはならないだろう。

いずれにしても、これでお佐世の足が少し遠のくかと思っていたのだが、意外なことに翌日も現れた。

「左膳さま、今日は面白いお話をしにまいりました」

お佐世はそう言って、店の中を見回している。

「もしや、おちかをお探しですか」

左膳が尋ねると、「いえ」とお佐世は慌てて首を横に振る。

「左膳さまに聞いていただきたいお話ですから」

「そうですか。では、聞かせていただきましょうか」

と、左膳が話を聞く姿勢になったところで、

「待ってください」

と、おちかが奥から現れた。これまで呼ばれぬ限り、店へ出てくることはあまりなかったというのに、変わったものである。

いったい、どこでお佐世が来たことを嗅《か》ぎつけたのだろう。まさか、すぐそこで見張っていたわけでもあるまいが……。

（いや、見張りはお手のものだったか）

そもそも窺見《うかみ》として働く訓練を受けた身であれば、耳も研ぎ澄まされている。多少離れた場所にいても、お佐世の声を聞き当てることなど、おちかには容易なことだったのだろう。

「私も一緒に聞かせていただきます」

おちかは左膳の隣に座り込んだ。

お佐世は少し不満そうに唇を尖らせたが、左膳が傍らに座布団を用意して「どうぞ」と勧めると、すぐさま機嫌を直した。そこに腰かけるなり、

「お隣の長沢町《ながさわちょう》のお話なんです」

と、左膳の方に体を向けて語り始める。何でも、父と兄が話をしているのを耳に挟んだらしい。お佐世の父は物書同心で、兄はその見習いであるから、興味深い話が期待できそうだ。左膳が少しばかり身を乗り出すと、お佐世の目に得意そうな色が浮かび、おちかからは袖をぎゅっと引っ張られた。

「柳荘《りゅうそう》という塾があるのですが、ご存じですか」

左膳は平静を装った。

知らぬはずがない。そこには、左膳たちが江戸へ来ることになった要因――つ

まり見張りの標的が潜んでいるのだから。だが、八丁堀へ来て半年の左膳たちが柳荘についてくわしいのも、不自然だろう。

「はて。名を聞いたことはあったようにも思いますが、お付き合いはありませんね」

左膳は淡々と返事をした。おちかが顔に出していないといいのだが、と思いつつ、目だけで様子をうかがうと、どうやら無表情を取り繕っているようだ。見る者が見れば、その無表情こそが怪しかったかもしれないが、幸いお佐世は左膳の方しか見ていなかった。

「そこは、山県《やまがた》という浪人が開いたものだそうです。山県という塾長は、かつて大岡出雲守《おおおかいずものかみ》さまに仕えていたこともあるそうですが……」

左膳が八丁堀へ来る前から知っていた話だが、お佐世の話が滑《なめ》らかに進むよう、少し口を添える。

「その柳荘という塾では、主《おも》に何を教えているのでしょう」

「確か、兵学《へいがく》と朱子学《しゅしがく》ではなかったかしら。それとも、国学《こくがく》……だったかしら」

お佐世は小首をかしげている。答えは兵学と儒学——それも古文辞学《こぶんじがく》である。朱子学は公儀《こうぎ》が官学と定めたもので、武士が修める学問の主流。江戸の武家の出であるお佐世が、学問といえば朱子学と考えるのはごく自然であった。

だが、この朱子学に対する批判から生まれたのが、陽明学《ようめいがく》と古学《こがく》だ。その古学の中の一派が「古文辞学」――今、話題に上った山県――正確には山県大弐《だいに》が学び、弟子に教授している学派であった。

つまり、お佐世が口にした朱子学は、山県が批判している学派なのだが、その過ちを指摘しては怪しまれる。左膳は「そうなのですか」と何げなく受け、先を促した。

「その柳荘が、どうやら罪人をかくまっているらしいのです」

お佐世は、あっさりと告げた。本来なら、大っぴらにすべきでない話であろうに、声を落とす気配もない。

「それが本当なら、大変なお話ではありませんか」

左膳は声を放った。見せかけではなく本当に驚いていた。

罪人というのがもしも左膳たちの標的のことならば、彼は公儀の役人たちから完全に目をつけられていることになる。だが、そんな状況はまったく把握していなかった。

「そのお話、私たちが聞いてもかまわなかったのでしょうか」

おちかが怪訝《けげん》そうに尋ねた。

「別に内密のことではないそうですから、かまいません」

お佐世は平然と答えた。話を始める前は思わせぶりな様子だったが、重大な話に見せかけたかっただけのようだ。そういえば、お佐世は「面白い話がある」と言っており、大事な話とも内密の話とも言ってはいない。

「お奉行さまもはっきりとした証《あかし》をつかんでいるわけではないようです。柳荘の塾長もそんな事実はないと言って、役人の立ち入りを断ったそうですわ。でも、この先、塾長が捕らわれることもあるかもしれません。そうなったら、きっと読《よみ》売《うり》に書かれるでしょうね」

まるでそれを期待しているような口ぶりだが、さすがに武家の娘として軽はずみだと反省したのだろう。お佐世は真面目な表情になると、喉の調子を整えるふりをした。

「いずれにしても、隣町のことなのですから、下手に塾生などと関わり合いにならぬよう、ご注意申し上げたかったのです」

「そうですか。貴重なお話をありがとうございました」

左膳の言葉に、お佐世の表情が明るく輝く。

「お礼を言われるほどのことではございません。ところで、左膳さま。件の柳荘の近くに、美味しいと評判の団子屋さんが……」

言いかけたお佐世の言葉を「あ、兄さま」とおちかの大きな声が遮った。

「お客さまからのお頼みごとで、この後、仕事があったでしょう?」

「ああ、そうだったな」

左膳はすかさずおちかの言葉にうなずいた。もちろん、そんな依頼の仕事などはない。

「そういうわけで、お佐世殿。このお話のお礼はいずれまた」

左膳は朗らかに言って、帳場から立ち上がる。おちかには「お佐世殿がお帰りになったら暖簾を下ろせ。右京の占いも今、並んでいるお客さままで終わりにするように」と耳打ちした。

「まあ、お忙しいのですね」

残念そうなお佐世の声が聞こえてきたが、振り返らずに店の奥へと身を隠す。おちかの「それで、お買い物はございますか」といささか強引な声が続けて聞こえた。

それから、奥の部屋で、亀の玄武丸に菜の花の葉やおおばこの葉を食べさせながら待つこと、半刻《はんとき》足らず。

右京とおちかが店を閉めてやって来た。

「先ほどお佐世殿から聞いた話ですか」

と、右京が使用人の物言いで問うてくる。

「ああ、ここからは素でいこう。あ、その前におちか、いや、周子殿。玄武丸を住処《すみか》に入れておいてくれ」

「かしこまりました」

おちかが玄武丸を両手で抱え、その住処――となっている米櫃の中へ餌ごと入れた。そうしておけば、玄武丸はめったなことでは、米櫃の外へ出ていかない。

おちかが座ったところで、左膳は改めて口を開いた。

「まずは、お佐世殿の話について、右京に伝えた方がいいか」

「いや、要らぬ。あの時、横で聞いていた」

右京がさらりと言った。占いの客を相手にしながら、横でくり広げられる会話をすっかり聞き取るなど、ふつうの者には至難の業だが、右京には不可能ではない。

「では、さっそく、我らにとって最も大事なる『藻塩《もしお》案件』について語るとしよう」

左膳が述べると、右京とおちかの表情もがらりと変わった。

「藻塩」とは、左膳たちが標的とする人物を指す符牒《ふちょう》である。その者についての見張りや探索などの仕事をすべてひっくるめて「藻塩案件」と呼んでいた。

その人物とは、かつて都で皇学所教授《こうがくしょきょうじゅ》を務めていた藤井右門《ふじいうもん》という学者である。

藻塩という符牒は、藤井の先祖がかつて御家取りつぶしとなった赤穂《あこう》藩浅野《あさの》家に仕えていたことから、赤穂の名産である塩にちなんで付けたものであった。

今から三年前の宝暦八（一七五八）年、京において公家の処罰者を出す事件が発覚した。

天皇とその一族を尊ぶ「尊王論」を説いていた学者、竹内式部《たけのうちしきぶ》が朝廷と幕府から「危うし」と見なされ、天皇から遠ざけられたのである。竹内式部に師事していた公家たちは蟄居《ちっきょ》の処罰を受け、竹内自身は都を追放された。

藤井右門は竹内式部と交流があり、関与を疑われながらも、これという処分を受けてはいない。その前に都から姿をくらましてしまったからである。都を離れ、天皇や公家に近付かないのであれば、無理に探し出すまでもないといったんは放置されたが、その後、江戸を目指しているという知らせがもたらされた。よりにもよって、将軍のお膝元へ出向くとは――。

竹内式部の事件をくり返させてはならない。

そこで、この藤井右門の見張り役を命ぜられたのが、左膳たちであった。

三人が八丁堀の幸町に身を寄せたのは、藤井が長沢町にある山県大弐の塾、柳荘に身を寄せたという情報を得たからだ。

「柳荘がかくまっている罪人とは、藻塩のことだと思うか」

藤井の名は出さずに、左膳は問うた。

「そうも考えられるが、三年前の事件は処罰がすでに終わっており、藻塩は罪に問われなかった。つまり、今の段階で、藻塩は公の罪人ではない。お佐世の物言いは明らかな罪人のことを話すふうであったが……」

右京の言い分はもっともだった。お佐世は、罪人が「いるかどうか」はあいまいにしていたが、話題の者が「罪人である」ことは疑っていなかった。

「ですが、罪人と言いながら、その罪が明らかでないのは妙でございます。これこれの罪を犯した下手人が柳荘に隠れているかもしれない、もしくは、柳荘の誰それが何らかの罪を犯したらしい、というなら筋も通りますが……」

おちかが首をかしげながら言う。

「確かにそうだ。罪名も罪人も明らかでないのに『柳荘』という隠れ場所だけが明確というのはな」

「何らかの作為《さくい》が感じられなくもない」

左膳と右京がそれぞれ言い、三人はおもむろにうなずき合った。

「まあ、お佐世の耳に入っていなかっただけで、町では噂が広まっていることもあろう。まずは、それを探らねばなるまい」

それから左膳は念のため、柳荘に関わりのある人物で、過去に罪を犯した、もしくはこれから犯しそうな者に心当たりはあるかと二人に尋ねた。今のところ藤井右門を除いて思い当たる人物はいないと、思った通りの答えが返ってくる。

「柳荘が世間から怪しまれれば、藻塩もいづらくなるだろう。またいずこかへ姿を消されても厄介であり、柳荘が下手に注目されれば、我らも仕事がやりにくくなる」

左膳の言葉に、右京とおちかもうなずいた。

「それでは、我々にとって迷惑至極《しごく》なこの噂の詳細をつかみ、誰の思惑によるものかを探り出すということでよいのだな」

右京が口にした方針に、左膳は「うむ」と応じてから、さらに続けた。

「今回は三人で当たろう。大雑把《おおざっぱ》に私が武家、右京が町人、周子殿が女子衆から話を聞き集め、噂の出どころを見つける。猶予は三日でよいな」

右京が「分かった」と答え、おちかが「かしこまりました」と居住まいを正して言う。

「では、三日後にまた、こうして話そう。藻塩には近付かぬように」

藤井右門への接触はまだ行っていない。三人とも相手に顔は知られていないはずだが、慎重を期す必要がある。左膳の忠告に、右京とおちかは無言でうなずき返した。

二

五年前の宝暦六（一七五六）年、右京は帝のおそばに仕えていた。帝——桃園天皇が八穂宮《やほのみや》と呼ばれていた頃から仕えていた間柄である。帝は右京の立場——ふつうの公家の籍を持たず、陰で帝の一族を支える存在だということをもちろん知っていた。表向き、帝に仕える侍従《じじゅう》の職に就いていたが、事あればすぐに姿を消し、別の任務に就くかもしれないことも。

ただ、右京への命令権はいずれ帝のものになるはずであった。帝が幼いゆえ、いったん預かるという形で養母の青綺門院《せいきもんいん》がその命令権を行使していたが、帝に譲渡される日も近いはずだ。

宝暦六年、帝は十六歳。十分に道理をわきまえた齢《よわい》である。

「そうなったら、右京、そなたには一生、我がそばにいてもらうぞ」

と、帝は言っていた。

「左膳はどうなさいますか」

右京は相棒の処遇について尋ねてみた。特別、自分がこうなりたいとか、左膳にこうなってほしいという望みがあったわけではない。いずれにしても、左膳や右京は命令権を持つ皇家《こうか》の方の言葉に従うだけだ。

「左膳には姉宮の護衛を続けてもらえばよかろう。それがあれの望みなのではないか」

帝は情理をわきまえたふうな口の利き方をしたが、右京は左膳や緋宮《あけのみや》の胸の内にさほど関心はなかった。ただ、左膳が不満を持たないのであればよいと思った。なぜなら、自分は少しばかり、帝のかけてくれた言葉に心が弾んでしまったから。

右京が仕える相手を選ぶことはできない。それは表の世界の公家や武家も同じだが、彼らは主君に不満があれば、家督《かとく》を譲ったり出家したりという形で逃れる術《すべ》がある。だが、右京は出家など許されないのだ。死ぬまで、もしくは主人から隠居を申し渡されるまで、命令のままに動かなければならない。

そんな宿命を背負わされた身にとって、情緒《じょうちょ》は邪魔になる。主人に好悪《こうお》の情を抱いたり、標的の素性に思いを馳《は》せたり、そういうことは不要であった。だから、右京はできる限り、そうしたものから遠ざかろうとしてきた。八穂宮に初めて会った時、右京が心掛けたのは好きにも嫌いにもならないことであった。

しかし、長年仕えていれば、何の情も抱かないでいることの方が難しい。

そして、帝から生涯そばにいてもらうと言われたこの時、右京は嬉しいと初めて思った。この方が自分の主で本当によかった、と思ったのであった。

ただ、そうなれば、知らず知らず主人のものの考え方や感じ方に影響を受けていくことにもなる。

この頃、帝は自らが成人したにもかかわらず、周囲の大人たち――青綺門院や実母の大典侍《おおすけ》、摂家《せっけ》の当主たちがいつまでも輔弼《ほひつ》の必要な幼君として扱うことに不満を持っていた。そして、そうした今現在の権威に対し、批判も辞さない中流や下流の若い公家たちに期待をかけ始めていた。

「徳大寺《とくだいじ》はよい。『日本書紀』をよく読み込み、天皇と公家のあるべき姿について、しかとした考えを持っておる」

帝が信頼していたのは、近習《きんじゆう》の一人で、権大納言《ごんのだいなごん》となっていた徳大寺公城《きんむら》という男であった。清華家《せいがけ》である徳大寺家出身の公城は、中流というよりは上流の出自であったが、摂家に対して不満を抱いていた。将軍や京都所司代《きようとしよしだい》の顔色をうかがい、朝廷の権威改善に努めない摂家の柔弱《にゆうじやく》さを難じていたのである。

若い帝に対し、その手の不満を言葉巧みに奏上《そうじよう》しているのを、右京も聞いた。

そうこうするうち、

「朕《ちん》は新しき世を作りたいのだ」

と、帝は言い出した。言葉は希望に満ちており、危ない考えというわけでもない。ただ、帝は右京に「朕がそれを実現できるか、占ってみてくれ」と続けたのだ。

「占い、でございますか」

「うむ。右京の占いは信頼できるからな」

帝は頼もしげな目を右京に向けて言った。

右京が帝——当時の八穂宮に仕え始めた頃、行く末を占ってほしいと言われたことがある。その時の八穂宮はまだ東宮《とうぐう》にもなっていなかった。桜町《さくらまち》天皇のただ一人の皇子であり、正妻格である二条舎子《いえこ》（青綺門院）の養子となっていたので、皇位に就く見込みは高かったが、そうした見込み通りに事が運ばないのが宮中というところでもある。

右京は言われた通り、式盤《しきばん》を使って占った。そして、

——十歳《とお》になる前にご即位あそばされるでしょう。

と、結果を述べた。

これは、当時の桜町天皇がわずか数年で退位すると予告したも同じで、場合によっては非礼と受け取られかねない発言でもある。だが、右京はありのままに答え、八穂宮はその言葉を記憶に留めた。

そして、結果は間もなく表れた。

院政を志《こころざ》していた桜町天皇は退位して、七歳の八穂宮が即位することになったのである。桜町上皇は我が子が成人するまで、その御世を支えるつもりだったのだろうが、譲位後わずか三年で崩御《ほうぎょ》。その時、帝は十歳だったため、高階家と

桂木家の者を使う権利は、青綺門院の手に渡ることになった。

右京の占いに対する帝の信頼は、この時のことが記憶に残っているためだ。

右京は言われた通り、帝の望みを占った。

帝が新しき世を作ることができるか否か——かなりあいまいな問いである。もう少しつぶさな情報がなければ正確に占うことはできないが、自らが目指す新しき世について、帝が語らないのであれば仕方がない。

占いの結果もまた、おおよその方向が分かる程度のものになるだろうと、右京は踏んでいたのだが……。

結果はあからさまなものであった。

——願い、叶わず。

——祈り、通じず。

何度占ってみても、同じであった。

この時、右京の頭に嫌な予感が生まれた。帝の口にした「新しき世」というのが、幕府からすれば謀反《むほん》に当たるものなのではないか。もちろん、天皇と将軍では天皇の方が上位であるため、その言い方は正しくない。あえて言うなら、帝による将軍の排除、もしくは差し替え——。遠い昔、後鳥羽《ごとば》上皇や後醍醐《ごだいご》天皇が武家政権に対し、行おうとしたことを、帝が志しているのだとしたら――。

(主上《おかみ》の御心《みこころ》に生じたお考えではない)

誰かがそそのかしたのだと、右京は考えた。思い当たる人物は一人しかいない。

(徳大寺権大納言)

帝の近習である徳大寺公城の生まれた年と月日は正確につかんでいる。

右京はひそかに徳大寺公城の現在を占った。

(反逆と忠誠、反撥《はんぱつ》と傾倒)

右京が占いから読み取れたのは、そこまでだった。おそらくは幕府への反逆と天皇への忠誠、摂家等古い権威への反撥と……。

(いったい誰に傾倒しているのか)

それは、右京がつかんでいる情報の中にはない。

右京はまず帝に占いの結果を正直に伝えた。

「今、お手持ちのものだけで臨めば、叶うことはありませぬ」

厳しい物言いになったが、それを聞いた帝はひどく考え込む表情になった。

ついで、右京は帝のそばを下がると、すぐに左膳に会った。

「徳大寺権大納言が誰に師事《しじ》しているのか、調べてほしい。その周辺の連中についてもできるだけくわしく頼む」

左膳はすぐに「承知した」と答えてくれた。

帝の侍従として活動する右京よりも、左膳の方が動きやすいのだ。左膳は三日で、おおよそのことを調べ上げ、右京は青綺門院と緋宮が共に暮らす女院御所へ出向いて、左膳の話を聞いた。

「これは、かなり危ない話になっているぞ」

初《しょ》っ端《ぱな》から、左膳の表情は厳しいものであった。

「徳大寺権大納言が傾倒しているのは、竹内式部という尊王学者だ。帝の近習の若い公家の多くが竹内に師事している。徳大寺権大納言が帝にその名を奏上したことはなかったのか」

「ない。少なくとも私のいるところでは――」

右京は奥歯を嚙み締めた。右京の前では意図して口にしなかったのか、それともまだ帝のお耳に入れてはいないだけなのか。

「まあ、身分の卑しい者だからな。帝のお耳に入れるのを、権大納言がはばかったのかもしれぬ。だが、その教えは権大納言を通して、帝にお聞かせしていたのではないか」

左膳の言葉に、右京は苦い表情を浮かべた。

「帝は、権大納言を学識ある者と重んじておいでだ」

「竹内式部の言葉が公家の耳に心地よいのは、尊王論を中心に据えているせいだろう。天照大神《あまてらすおおみかみ》の子孫である帝が世を統《す》べるべきであり、将軍も摂家もその意に従わねばならぬところ、将軍は帝の権威を侵し、摂家は将軍の意向をうかがっている。ひいては、仏事が重んじられ、神事がおろそかにされるのもけしからん、というわけだ」

「それは行き過ぎというものだ」

右京は思わず言ったが、「権大納言らはそうは考えていないようだぞ」と左膳は皮肉混じりに返してくる。

一つの学派で固まり、同じ仲間とばかり議論をしているうちに、尖った思想を当たり前と考えるようになってしまったのか。問題はそういった連中が帝のそばに出入りしているという現状である。

「青綺門院さまにお伝えするべきだ」

と、左膳は言った。その考えはまったく正しい。右京に反対する理由はなかった。だが、この時、右京はすぐにうなずくことができなかった。

「左膳……」

これほど苦悩に満ちた声で、相手に呼びかけたことはない。

「帝は……どうなってしまわれる」

右京は顔を左膳の方に向けずに問うた。

左膳の答えは一呼吸の間を置いてから返されてきた。

「……帝はどうともおなりあそばすまい」

「…………」

「誰であろうと、手出しすることのできないお方だ」

左膳の言うことはもっともだった。仮にこのことが問題だと見なされて、処罰者が出ることになったとしても、竹内式部や徳大寺公城までで止まるだろう。

帝ご自身が処罰の対象になることはない。だが、退位を迫られることも——幕府から迫られることはないとしても、側近を奪われた帝自身が激怒に駆られてすべてを擲《なげう》ったり、皇位にも世の中にも興味を持てなくなったり……そういうことが決してないとは言い切れないだろう。

過去には、後水尾《ごみずのお》天皇が幕府の横槍に激怒なさり、皇女である明正《めいしょう》天皇に譲位するという出来事もあった。同じような怒りに、帝が苛《さいな》まれないとは限らないのだ。

「今すぐ、青綺門院さまにお知らせするのは気が進まないか」

左膳が尋ねてきた。気が進まないから先延ばしにできる、というようなものでもない。

これは、包み隠さず青綺門院に報告しなければならない案件だ。だが、それでも——。

（せめて、長年お仕えしてきた忠義を果たしてからにしてほしい）

一生そばに仕えよ、と言ってくれた主に対して、せめてもの忠節を尽くしたい。

「青綺門院さまには私からお知らせする。ただ、そなたの所見として、今しばらく様子を見守ることをお勧めしておこう。ご判断は青綺門院さまがなさることだが……」

左膳や右京の立場でできるぎりぎりの決断であった。

「かたじけない」

右京は青綺門院には対面せず、その足で帝のもとへ戻った。それから、帝と徳大寺公城をはじめとする近習らに内から外から働きかける日が始まる。

帝や近習たちが学問に勤《いそ》しむこと自体は、幕府や摂家がむしろ奨励《しょうれい》することで、それゆえに彼らの目は横にそらされていた。その間に、帝と近習たちの頭の中から、将軍や幕府、ひいては仏教さえ敵と見なす危ない思想を排除できれば――。

あまり効き目はないと知りつつも、帝に対して直に苦言を呈したこともあった。近習たちの目を竹内式部以外の学者へ向けようと試みもした。それでも、それらはまったく功を奏さず、近習たちの考えはいっそう尖ったものとなっていき、ついには竹内式部による帝への進講まで実現してしまった。

(反逆と、傾倒か……)

徳大寺公城について占った時のことを右京は思い返した。

今のままでは、新しき世を作りたいという帝の願いは叶うまい。

その後、何度占ってみても、結果が覆《くつがえ》ることはなかった。

(帝をお守りするためにはどうすればいい)

己と違う考えを述べる右京に対し、帝の態度はいつしかよそよそしくなっていった。徳大寺ら近習からは煙《けむ》たがられるようになった。

自分の言葉はもう帝に届かない。それでもなお、右京は帝を守りたかった。近習がどうなろうとかまわなかったが、近習を失えば帝の尊厳が冒されることになる。それは避けたかった。

（まだ一つだけ手は残っている）

竹内式部の抹殺《まっさつ》――。

右京にはそれが可能である。

宝暦七（一七五七）年秋の深夜、右京は御所を出たところで、待ち構えていた左膳に出くわした。

「私を見張っていたのか」

初めて、そのことに気づかされた。

「そなたの考えは悪手《あくしゅ》だ」

と、左膳は静かに告げた。

「収まるどころか、手が付けられなくなるぞ」

竹内式部を失えば、近習たちは何をしでかすか分からない。さらには、竹内一人がいなくなったところで、危ない思想を説く学者は他にもいる。

「あとは青綺門院さまにお任せするべきだ」

左膳の言葉に、右京は黙って従うほかなかった。その足で女院御所へ参上し、これまでのことと現状の危うさについて包み隠さず啓上《けいじょう》した。

三

それから、帝および近習と、青綺門院および摂家、京都所司代の間で、対立と譲歩、探り合いがくり返され、ついに蟄居《ちっきょ》と捕縛という処分に行き着いたのは、翌宝暦八年のことであった。

徳大寺公城をはじめとする帝の近習たちは蟄居となり、竹内式部は京都町奉行に捕らわれた後、宝暦九年には京都所司代の裁きを経て追放となった。

緋宮に仕える左膳と、帝に仕える右京の立場は、この間も、処分が下された後も変わることはなかった。

「帝と右京のことは、そなたも気にかけてやるように」

青綺門院からの命令により、左膳は帝と右京への目配り――無論、見張りを兼ねたもの――を課せられることになる。

近習を失った帝が孤立し、竹内式部が都を追われた後も、新たに処分を受ける公家が出るなど、事件は長々と尾を引いたのだが、宝暦十年の夏も盛りを過ぎかけた頃。

藤井右門という元皇学所教授のことが、女院御所で話題に上った。

一連の事件の際、竹内式部との親交が取り沙汰された学者である。そのまま都に留《とど》まっていれば何らかの処分を受けていたかもしれないのだが、都から姿を消して行方知れずとなっていた。青綺門院は高階家と桂木家およびその配下の者たちを使って、藤井の行方を追わせていたようだ。

高階家、桂木家の者たちはたとえ身内であっても、誰にどのような命令が下されていたのかは知りようもない。すべてを知っているのは、命令権を持つ青綺門院のみであり、帝に対してさえ共有するべき情報とそうでないものを選別することができた。

ある日、左膳と右京は青綺門院のもとへ呼び出された。その時、青綺門院の傍らに緋宮が控えていたことが、いつもと違っていた。

「藤井が江戸へ向かったという知らせがありました」

青綺門院の口から一同にそのことが告げられた。

藤井右門が身を寄せる予定の場所もすでにつかんでいるとのことで、それは江戸の八丁堀にある柳荘という私塾であった。塾長は山県大弐という学者だそうだ。

「江戸とはまた、自ら捕らわれに行くようなものではありませんか」

右京が疑問を呈する。

「藤井の考えは分からぬ。されど、関八州《かんはっしゅう》への立ち入りを禁じられた竹内に代わり、何事かを為すつもりやもしれぬ。いずれにしても、放ってはおけぬゆえ見張りを置くことにいたした。高階左膳と桂木右京」

改まった声色の青綺門院から名を呼ばれ、左膳と右京は「ははっ」と両手をついて頭を下げる。

「そなたたちに命じる。江戸に落ち着き先を定め、藤井を見張り、身辺の探索を行いなさい」

「女院さまの仰せのままに」

左膳と右京は異口同音《いくどうおん》に応えた。

青綺門院の命令には、いつまでという期限はなかった。藤井が江戸にいる限りずっとかもしれないし、一年で呼び戻されるのかもしれない。だが、落ち着き先を定めよというからには、仮の名と身分とを手に入れ、市井《しせい》にまぎれて活動せよということであり、長年にわたる仕事となるのはほぼ確実であろう。

その年の夏は江戸行きの支度を調《ととの》えるうち、どんどん過ぎていった。江戸八丁堀の方でも、青綺門院の命を受けた窺見たちが左膳らの落ち着き先を探し始めているという。

　そんな夏も終わりのある日の夕刻、左膳は緋宮から御所の庭へ連れ出してほしいと命じられた。他の者たちがついて来ることを緋宮が禁じたので、女官たちは御庭口で足を止め、そこから先は緋宮と左膳だけで庭へ足を踏み入れた。

　女院御所――通常、大宮《おおみや》御所と呼ばれるその御所は、主人となる人物によって呼び名が変わるのだが――今は青綺門院の居所であり、緋宮もここに暮らしている。この御所は仙洞《せんとう》御所と隣り合わせており、両御所は庭でつながっていた。後水尾天皇の時代に造営され始め、その後も手を加えられてきた広大な庭園である。

　女院御所の庭の北池、仙洞御所の庭の南池の間には、紅葉橋《もみじばし》という橋が架かっている。

　仙洞御所は上皇の住まいであり、緋宮の父である桜町上皇も譲位後の三年ほどをここで過ごした。この庭を愛し、仙洞十景という季節ごとの美しい景観を、著名な歌人でもある近臣の冷泉為村《れいぜいためむら》に選ばせるという、力の入れようであった。

　その中の一つ、「古池の款冬《やまぶき》」がある。これは、北池の北西に出っ張った位置にあり、女院御所の御庭口からほど近い。古い湧き水の跡とも言われるそこは、阿古瀬淵《あこせがふち》と呼ばれていた。

「阿古瀬淵の六枚橋《ろくまいばし》に行きます」

六枚橋とは、六枚の切り石を使った特徴ある橋で、春の終わりから夏の初めには、款冬――山吹《やまぶき》の花が咲き乱れる。その美しさが仙洞十景に選ばれたゆえんなのだが、夏の終わりの今、黄金色の艶《あで》やかな花は見られない。

阿古瀬淵に至る小道を緋宮は無言で歩き、六枚橋を前にして足を止めた。後ろに続いた左膳も立ち止まる。

「どうして、わたくしを連れ出してくれなかったのです」

緋宮は振り返らず、わななく声で言った。

左膳はすぐにその場にひざまずいた。何を言うべきか、頭の中で考えがまとまっていたわけではない。謝りたいという気持ちが強く込み上げる一方、それだけはしてはならないと強く己を戒める気持ちも存在していた。ここで謝れば、あの日の自分の選んだ道が過ちだったことになり、自分ばかりでなく緋宮もまた、この先の人生に悲観するしかなくなってしまう――。

左膳は乱れる気持ちを必死に整えた。

「私はあなたさまの僕《しもべ》でございます」

これまでしかと自覚していなかった、魂に刻まれた言葉が口から漏れた。

「いかなることでもご命じください。生きよとおっしゃれば生きて御ために働き、死ねと仰せならば死にましょう」

「では、人を殺めよと命じても聞いてくれますか。それが、このわたくしであろうとも……」

緋宮の口から漏れた言葉はあまりに激しいものであったが、左膳は「かしこまりました」と静かに受けた。

「その時は、あなたさまを彼岸へ送った刃で、私もすぐに後を追いましょう」

緋宮は振り返った。茜《あかね》色の西陽がその右頬を照らしている。

「わたくしはおそらく生涯、京を出ること、叶いますまい」

「では、私が戻ってまいります。私の生きる場所は、あなたさまのおられるところより他にありませぬゆえ」

たとえ遠く離れた江戸へ行こうとも、自分の魂はあなたと共にある――その強い思いを込めて、左膳は誓った。そして、何としても生きて京へ戻るのだと、己の心に誓った。

いへば世の常のこととや思ふらむ　我はたぐひもあらじと思ふに

緋宮は古歌を口ずさんでから、口もとをほんの少しほころばせた。だが、一瞬でその微笑がゆがみそうになる。左膳は顔を伏せた。

——口にすれば、ありふれた恋心だとあなたは思うのでしょう。わたくしにとっては他に比べようもない、ただ一つの特別な想いですのに。

恋なんて誰でもするありふれたもの。苦しい想いもその時限りで、いずれは時と共に薄れていくものなのだ。そう言う者は確かにいるだろう。だが——。

「……私は違います」

と告げ、左膳はうつむいたまま言葉を紡《つむ》ぎ出した。


世の常のことこそ知らねたぐひなき　思ひに燃ゆる緋《ひ》の恋衣《こひごろも》

——世間のありふれた恋など知らない。だが、他と比べようのない私のこの想いは、燃え上がる緋色の恋衣となって我が身を包むのです。

緋宮はたぐいなき恋だと言ってくれた。

離れ離れの日々を耐え抜くには、それだけで十分だった。

四

柳荘の不穏な噂を調べると決めた翌日の午後、よろず屋玄武では左膳が一人で帳場に座っていた。いつも横で占いの客を取っている右京は、例の調べもののため外回りである。

「うらなひ、やすみ」

と書いた紙を戸口に貼っておいたのだが、それでも暖簾をくぐっては「占いをお願いしたいんですが」と声をかけてくる客が後を絶たない。とりあえず中へ入り、明日はやっているかと問うていくのだ。

左膳は暇なので別にかまわないが、「今日は占い師が休んでまして」と同じことばかりくり返すのも疲れてくる。そんな客を何人見送った頃だったろうか、

「お、今日は亭主一人か」

と、のんきな調子で店へ入ってきたのは、山村数馬であった。

「右京はどうした」

「今日は昼から休みをやりました。たまには、息抜きもさせてやりませんと」

「確かにな。この店は今や、右京の占いでもっているようなもの」

相変わらず遠慮のない口ぶりである。

「山村さまにはご心配いただきまして。お蔭さまで家賃の支払いが滞ることはなさそうです」

「それは嫌味ではあるまいな。支払いが滞ったわけでもないおぬしらに、余計な差し出口だったかと、私も少しは気が咎めたのだぞ」

「まさか」

左膳は少し大袈裟《おおげさ》に首を横に振ってみせた。

「お頼みごとの客も少しずつ付いてまいりましたし、右京の占いは繁盛しております。これもすべては山村さまのお蔭だと、感謝することしきりでございます」

などと持ち上げると、山村は機嫌よさそうにうなずいている。どうやら暇そうなので、左膳が座布団を勧めると、「では、遠慮なく」と板の間の端に腰を下ろした。

「ところで、うちのお客さまの中に、物書同心の娘さんがいるんですがね。昨日、妙な話を聞きました」

山村が座るのを待って切り出すと、

「物書同心だと？　名は何という」

と、すぐに関心を示した。

「浦野さまとおっしゃいます。ご存じですか」

「いや、知らぬな。して、妙な話とはどんな話であった」

「はい。長沢町の柳荘という塾の話なのですが……」

山村がどう反応するかを見ていたが、特に何も言わないので、左膳は先を続けた。

「何でも、罪人をかくまっているのだとか。隠すような話でもないと聞きましたが、本当に罪人をかくまっているのなら由々《ゆゆ》しきことではありませんか」

「その話なら、私も聞いておる」

と、山村はあっさり言った。

「確か、定廻《じょうまわ》り同心が塾まで出向いて話を聞いたそうだぞ」

「そうでしたか。しかし、捕縛者が出たのなら騒ぎになるでしょうから、何もなかったということですね」

「いや、そうも言えまい」

不意に、山村がやや四角張った顔を前に突き出してきた。

「火のないところに煙は立たぬとも言う。私は柳荘にたいそうな罪人が隠れていたとしても、不思議ではないと思うぞ」

「そのようにお考えなのですか」

少し驚いて訊き返すと、あっはっはっと山村は声を立てて豪快に笑い出した。

「この八丁堀ではな、わずかでも疑わしきことがあれば、その周辺すべてを疑ってかかるものじゃ。何もなければそれでよし、かけた時と手間を無駄だと思う者はおらぬであろう。事が起きてからでは遅い。起きる前に火種をつぶすことこそ、我ら八丁堀の侍の務めというものよ」

「なるほど、さすがは山村さま。では、定廻り同心の方もそのつもりで、柳荘を厳しく探索するのでしょうか」

「さて、私の配下ではないからな。そこまでは知らぬが……」

山村ははぐらかすように言ったものの、突然、ぽんと手を叩いて話を続けた。

「そうそう、探索とは別の話だが、柳荘の塾生への風当たりが厳しくなっているとの話を聞いた。長沢町にある雁書堂《がんしょどう》という書物問屋を知っているか」

長沢町にある店の名は八丁堀へ来る前から、左膳の頭に叩き込まれている。雁書堂もひそかに探りを入れている場所の一つだが、山村の前では空とぼけた。

「名前はお客さまから聞いたことがありますが、足を運んだことはありませんね」

「そうか。儒学書、史書、辞書の類がなかなかよくそろっている問屋だ。貸本もやっていてな、柳荘の塾生らもよく書物を借りていくらしい。ところが、近頃、本を貸してもらえなかったとかで、塾生と店の手代が声高に言い争っていたと聞いた」

「それは、罪人をかくまっているという噂のせいでしょうか」

「そうかもしれぬが……。気になるのなら足を運んでみたらどうだ」

山村が思わせぶりな口調で勧めてくる。

(ふむ。これを機に、雁書堂の主人や番頭に近付くのも悪くない)

そう思いめぐらしていると、ふとした拍子に、じっとこちらをうかがうような山村と目が合った。

「何か」

警戒心を表に出さぬよう注意して尋ねると、山村はたちまち破顔した。

「いや、何。今さら言うまでもないが、亭主は男前だと思ってな」

「何をおっしゃいます」

「その、浦野とかいう同心の娘、おおかた亭主に惚れたというところであろう。しかし、婿入りするならよくよく考えねばならぬぞ。いっときの情に流されてはいかん」

どこまで本気か分からぬ口調でしゃべる山村は、いつも通りであった。

「おっと、すっかり話し込んでしまった。もう行かねば」

山村は腰を上げる。

「今日は何をお買い求めに？」

左膳がすかさず尋ねると、山村は「覚えておったか」と言い、にやっと笑った。

「では、渋紙をもらおうか」

山村は渋紙を十枚買って、帰っていった。

翌日の午後、左膳は店を右京とおちかに任せ、町へ出た。ひとまず八丁堀をゆっくりと歩き回り、時折、水茶屋で休息を取っては、人の話に耳を澄ませる。件の長沢町へも足を踏み入れた。柳荘の前まで行き、垣根に囲まれた中の様子も少しうかがったが、ひっそりとしている。

ただ、足を止めたのはほんの少しだったのに、すれ違う数人の人の眼差しがきついことにはすぐ気がついた。どことなく、左膳が柳荘に用のある者かどうかを気にしているふうだ。

（他の町に比べ、何となく殺伐《さつばつ》としている）

左膳はすぐに歩き出した。すると、左膳に注がれていた眼差しも散っていったようである。

その足で、左膳は書物問屋の雁書堂へ向かった。柳荘から一町《ちょう》（約百九メートル）ほど歩いたところにある店の前には、二十歳前後と見える侍が立っていた。侍は雁書堂の暖簾を見据えたまま、いつまでも動き出さない。

しばらく様子を見ていたものの、埒《らち》が明かないので、左膳は若侍に近付いた。

「どうしました。中へ入らないのですか」

若侍はびくっと肩を震わせた。

「あ、いえ。道をふさいでしまい、申し訳ありません」

左膳を先に通そうと、侍は横へ退こうとする。

「あなたも御用がおありなのでは？」

「いいえ。私は帰るところで」

若侍が踵《きびす》を返そうとした時、雁書堂の戸が内側から開いた。手代かと見える男が左膳に目を向け、「うちへお出《い》でくださったのでしょうか」と丁寧に声をかけてくる。

「はあ」

と、左膳は返事をすると、「どうぞお入りください」と手代は頭を下げた。その直後、

「お侍さまには、しばらくご遠慮願いたいと申しましたよね」

と、いきなり冷えた声色で若侍に言った。

「うちもお役人から目をつけられるのは困るのです。罪人と付き合いがあるなどと疑われては……」

「私は罪人ではないっ！」

手代の言葉に、若侍は激昂《げっこう》した。

「罪人をかくまっていれば、同じことでしょう」

「だから、罪人などかくまっていないのだ。我が師も門人も断じてそのようなことはしておらぬ」

「ならば、まずはお役人にそれを認めさせてください。そうでないと、手前どもには為しようがありません」

役人からの圧力がかかっているともとれる物言いだった。若侍は歯を食いしばるような表情を浮かべると、店に背を向けて歩き出す。

「ささ、どうぞ」

手代から勧められた左膳は、一瞬迷ったものの、すぐに心を決めた。

あの若侍に味方すれば、柳荘との縁を結ぶのは容易になろう。もちろんそれも一手ではあるが、その結果、雁書堂との縁を築くのがかなり困難になる。雁書堂はこれからも、藻塩案件における要所となる見込みが高い。

片や、この時点で味方しないからといって、あの若侍が左膳を恨むことはあるまい。

標的を完全にとらえるためには、焦って近くを攻めるより、遠いところから攻め、確実に包囲を縮めていくべきだ。

左膳は雁書堂との縁を優先させ、店の中へ足を踏み入れた。書物問屋へ来て、目当ての書物が何もないというのは不自然である。

（儒学も兵学も避けた方がよかろう。まずは無難なところで……）

どんな本をお探しかと訊いてくる手代の話を聞き流しつつ、書棚を見つめる左膳の目は歌集を並べた箇所で留まった。

『玉葉集』はありますか」

自然と言葉が漏れた。それは、緋宮が御所の御庭で口ずさんだ「いへば世の常のこととや思ふらむ」の歌が載っている勅撰和歌集である。だが、生憎、雁書堂には置いていないと言われた。

和歌を学んでいると思われたらしく、その後、手代から手もとにある歌集の目録を見せられ、さまざまな説明を受けたが、結局、その日は買い物をしなかった。

とはいえ雁書堂に顔は売ったので、また日を改めて訪ね、常連客となればいい。

この書物問屋は藻塩案件の探索でも役に立つようになるだろう。

雁書堂を出た左膳は探索を終えて帰ることとし、幸町に向けて歩き出した。そして、番屋のあるちょうど町の境目に差しかかった時のこと。

チャンチャカ、チャン、チャンという三味線の音色に、囃《はや》し立てる声がにぎやかに混じり合って聞こえてきた。これに、竹の棒でばんばんと紙を叩く音が時折加わる。近付いていくと、人だかりがあった。

「一枚四文、新しい読売だよ」

と、売り子が二色刷りの読売を売っている。

「さあさ、買った、買った。皆さん、気になる長沢町の柳荘、そこでかくまわれている罪人の罪状が載ってるよ。どこぞの藩のお尋ね者か、足抜《あしぬ》けした遊女と深い仲になった若旦那か、はたまた、大坂で豪商から金をむしりとった大盗賊か。知りたきゃ、うちの読売、買っておくんな」

どれを聞いても、真面目な古文辞学や兵学、医学などを教える塾で、かくまわれるような罪人ではない。あえて人が飛びつきそうな話をでっち上げているとしか思えないが、左膳の足は自然と読売の売り子の方へ吸い寄せられた。

「さあ、旦那も買った、買った」

小柄で愛嬌のある男が寄ってきて、読売を左膳に押し付ける。四文を支払って読売を受け取ると、ざっと斜めに目を通した。何と、先ほど売り子の叫んでいた話がぜんぶ載っているではないか。どうやら、この読売によれば、柳荘は罪人のたまり場らしい。

その小柄な男は竹の棒を持って掛け声を放っている若い男と違い、派手な格好はしていない。年齢も四十路《よそじ》に届くほどに見える。

「おたくも読売の売り子なのですか」

「いや、あっしは読売屋の主でね、小五郎《こごろう》っていいまさあ。川口町《かわぐちちょう》で刷ってます。あ、これ、書いたの、あっしなんですよ」

小五郎はえっへんと声に出して言い、胸を大きく張ってみせた。

五

柳荘の不穏な噂を調べると決まってからちょうど三日後、よろず屋玄武では再び話し合いの場が持たれた。朝のうちだけ開けていた店は、すでに暖簾を下ろしている。

「さて、ここからは素でいこうぞ」

左膳は右京とおちかを前に告げた。

「では、結果の報告といこう。まずは私だが、柳荘が罪人をかくまっている話は侍たちの間に広まっている。山村数馬も知っていたしな。ちなみに、柳荘の門弟たちはまったくの出鱈目《でたらめ》と言い張っているようだ」

左膳は書物問屋での出来事を話し、その帰りに買い求めた読売を差し出した。

「これを見る限り、読売屋の飯の種にされている」

右京とおちかが読売に目を通し、その荒唐無稽《こうとうむけい》さにあきれた表情を浮かべてみせる。ただ、中身は予想できるものだったようで、驚きはしなかった。

「町人たちはこの話で大いに盛り上がっていた。報告すべきは、話し手により罪人の犯した罪がまちまちだったことだ。火付けだの物盗りだの闇討ちだの、読売よりは真面目な話だが、信ずるに価する拠り所など皆無。ちなみに、信条にまつわる罪だという話は聞かなかった」

右京が報告した後、おちかがそれに続く。

「女子衆の間でも噂は広まっています。不義密通を働いた塾生をかくまっているとか、駆け落ちしてきた男女が身を潜めているとか、そんな話を聞きました」

左膳は「ふうむ」とうなった。

「つまり、噂は広まっているが、話の中身は一致していない。読売の影響もあるのだろうが……。そういえば、噂の出どころは分かったか」

「分からなかった」

右京がすぐに答えた。

「私の考えでは、巧妙に隠されているとも感じられた。つまり、噂の出どころを追っていっても、途中で分からなくなるよう、手が打たれている、と──」

おちかも同じように感じたと言い、左膳も同じ考えであった。

「何者かが裏で糸を引いているというわけだな。その者の狙いとは……」

「よくない噂を流したのだ。柳荘を世間から孤立させることだろう」

右京がすかさず言う。続けておちかは、

「塾生の数を減らし、塾が立ち行かぬよう追い詰める、ということも考えられるのではないでしょうか」

と、少し遠慮がちな口調で述べた。

「うむ。周子殿もそういう考えができるようになったのは重畳《ちょうじょう》」

「ありがとう存じます、左膳さま」

おちかは嬉しさと恥ずかしさの入り混じった表情で目を伏せる。

「二人の言うことはもっともだ。その上で、問いたい。何者かが柳荘を孤立させ、塾が立ち行かぬよう追い詰めようと企《たくら》んだとして、そこに藻塩案件が絡んでいると思うか」

左膳の問いに対し、右京とおちかの目つきが変わった。

「藻塩を何者かが警戒して、噂を流したという見込みか」

右京が一語一語を噛み締めるように言い、じっと考え込む。

今の段階で、江戸町奉行が藤井を捕縛するには無理があるだろう。京での一件は京都所司代の与《あずか》るところであり、藤井右門はあの時点で捕縛の対象者ではなかった。もし、どうしても江戸町奉行が藤井右門を捕縛したいのであれば、他の罪を犯させるか、でっち上げるしかない。

「つまり、この度の噂を流した何者かは、藻塩をあぶり出し、叶うならば町奉行に捕縛させたいと考えているということでしょうか」

と、おちかが生真面目な口調で尋ねてくる。

「うむ。藻塩が焦って失策を犯せば、それでよし。江戸を出ていくなら、それもよし。そんなふうに考えて、藻塩および柳荘を追い詰めたということはあるだろう」

左膳の返事に対し、右京は難しい顔をした。

「そなたの話を聞くと、噂を流した何者かは、町奉行そのもののようにも思えてくるな」

「判断はできぬが、その見込みもあると頭に置いておこう」

左膳は慎重に返した。

「もう一つ。何者かがあぶり出したいのは、藻塩でなく、我々の方かもしれない。あるいは、両方を想定しているかもしれない。今は用心するしかないが、そのことも頭に置いておこう。我々の素性が知られていることはあるまいがな」

三人の素性は調べられても真実を暴かれないよう偽装されている。だから、尻尾をつかまれることはないはずだが、鼻の利く者がいないとも限らない。

この度の一件と藤井右門がどう絡んでいるかは、それ以上話し合っても埒が明かぬため、いったん打ち切り、他に分かったことがないかと左膳は二人に尋ねた。

「私から一つ、お知らせしたいことがございます」

と、おちかが口を開いた。

「ご命令の通り、藻塩には接触しないように致しましたが、柳荘にて飯炊きとして雇われている女と顔見知りになりました。おすゑと申して、夫の乙吉《おときち》も柳荘で雑務に従事しているのですが……」

この夫婦は柳荘に住み込んでいるそうで、情報を引き出すにはもってこいの相手だ。そういう相手を手なずける手練手管に、おちかが長《た》けているとはいえ、

「相手には、わずかばかりの疑心も抱かせていないだろうな」

今回ばかりは気にかかり、左膳は訊き返した。おちかは自信を持って大丈夫だと答える。おすゑと顔馴染みになったのは意図してのことではなく、本当に偶然だったらしい。

「柳荘の近くを通りかかった折、おすゑはこめかみから血を流し、頭も打ってお

りました。それなのに、通りがかりの人たちは、誰も助け起こそうとしなかったのでございます」

おちかが駆け寄って声をかけると、おすゑは泣き出してしまったのだとか。

そのおすゑから聞いたところでは、罪人をかくまっているという根も葉もない噂が流れて以来、柳荘に対する世間の目は冷え切っているそうだ。おすゑが柳荘の使用人だと分かるや、米や青菜、魚を売ってくれないこともある。その日も、おすゑは米を買いに余所《よそ》の町まで行かねばならず、ようやく買い物をして戻ってくると、柄の悪い男たちに道をふさがれた。右へ行こうとすればそちらを、左から通り抜けようとすればそちらをふさがれ、通りかかった人々も見て見ぬふりをしている。

そうこうするうち、どこからか石が飛んできた。石はこめかみをかすめ、避《よ》けようとしたおすゑは勢い余って転び、頭を打った。投石してきた者の顔は見ておらず、男たちとの関わりも分からないが、通せんぼをしていた男たちは、おすゑが怪我を負うなり、舌打ちして去っていったそうだ。

「額からは血も出ていましたので、医者に診てもらうよう勧めたのですが、近くの医者はきっと診てくれないだろうと嘆いておりました」

おちかはおすゑを柳荘の前まで送っていった。その日は中に入っていないが、今後、おすゑに会わせてほしいと頼めば、疑われずに招き入れてもらえそうだと言う。

「ふむ。それは周子殿のお手柄だな」

右京が感心した様子で言い、おちかは慎ましく礼を述べた。

実は、左膳たちは江戸に来てから、藤井本人の顔を確かめていない。おちかが柳荘に出入りできるのであれば、それを確かめる好機であった。

「まあ、藻塩に近付くのは焦らぬ方がいい。とはいえ、この度の噂の一件、放置しておくわけにもいかぬ。そこで、いよいよ柳荘と関わりを持とうと思うが、反対の者はいるか」

左膳は右京を見据え、それから眼差しをおちかに移した。

「異論はない」

「私も賛同いたします」

二人からは頼もしい言葉が返されてくる。

「すでに左膳の頭の中には、その策があるのだな」

右京から問われ、左膳は「うむ」とおもむろにうなずき返した。

「では、細かいことを打ち合わせるといたそう」

真面目な表情になって語り出す左膳を前に、右京はそのままの姿勢で、おちかは居住まいを正し、真剣に聞き入り始めた。

柳荘の飯炊き、おすゑはさらしを巻いた額に手をやり、ほうっと溜息を漏らした。

二日前、隣町まで買いに行った米は、今日にもなくなるだろう。明日はまた買いに行かねばならないが、それを思うと、気が沈む。

主人である山県大弐に知らせたところ、次に買い物に行く際には、夫の乙吉か塾生の誰かに付き添ってもらいなさいと言われたが、それもおすゑとしては気が進まなかった。

あの時、柄の悪い男たちから嫌がらせをされたのは確かに怖かったが、彼らが手を出してこなかったのは、おすゑが見た目もか弱い大年増《おおどしま》だからだろう。もし男が付き添っていたなら、手を出してきた恐れはある。女一人でも石を投げられたのは事実だし、今も一人で外に出るのは怖いが、男が一緒であれば、もっとひどいことをされたかもしれない。

った。

（どうして、こんなことになってしまったんだろう）

柳荘は罪人なんてかくまっていないのに。だが、いくらそう言っても、いや、言えば言うほど、米屋のおやじも八百屋のおかみも、白い眼を向けてくるだけだった。

これからのことを思うと、頭がずきずきと痛み出す。こめかみの傷も浅くはなかったが、血止めの生薬《きぐすり》を塾生から分けてもらったので、何とか自分で手当てした。転んだ際にできたたん瘤《こぶ》はやがて消えたが、あれ以来、頭の痛みが続いている。だが、医者を訪ねて断られることを思うと、わざわざ危険を冒してまで行こうとは思わない。

「おすゑ」

井戸端で洗い物をしていたおすゑを呼んだのは、夫の乙吉であった。

「お前を訪ねて、幸町のおちかっていうお嬢さんがいらしてるってさ」

「おちかさんが？」

おすゑは思わず立ち上がっていた。

「ああ、お前を助けてくれた人だよな」

片付けは代わってやるから早く行けと言われ、おすゑは急いで手を拭き、裏口までおちかを迎えに行った。

「おちかさん、先日は本当にどうもありがとうございました」

おすゑは深々と頭を下げた。先日はそのまま帰してしまったが、しかるべき礼もしなければならない。そう思って中へ誘おうとしたが、

「おすゑさん、お医者さまにかかっていませんね」

と、おちかはおすゑの額に巻いたさらしをじっと見つめながら言った。

「大したことはなかったものですから」

おすゑはおちかから目をそらしたが、「そんなことはないでしょう」とおちかは追及してくる。

「もしかしてと思ったんですが、来てよかったです」

おちかはそう言うなり、おすゑの手を取った。

「おすゑさん、今から幸町まで来てください。隣町ですし、私と連れもご一緒しますから、危ないことはありません」

おちかは後ろを振り返った。その時、それまで少し離れたところに立っていたらしい連れの男が姿を見せた。思わず目を瞠《みは》るほど、整った顔立ちと優れた体格の男である。

「おちかの兄で、高槻左膳といいます。幸町でよろず屋玄武という店をやっていましてね」

その店へひとまず来てほしいのだと言う。左膳のようないい男から物を頼まれ、嫌だと言える女はいるまい。いや、それはともかく、恩人であるおちかの頼みを断ることなど、おすゑにはできなかった。

その後、おすゑはあれよあれよという間に、乙吉に出かけることを伝え、幸町のよろず屋玄武まで行くことになってしまった。左膳とおちかが一緒にいてくれると、あれほど怖かった外出が何でもないことのように思われた。左膳とおちかが目立ちすぎるせいか、その美男美女ぶりに目を向ける者はいても、目立たぬようにうつむきがちのおすゑを見てくる者はいない。

誰かに行く手を阻まれることもなく、おすゑは二人に守られ、よろず屋玄武に到着した。

表口から店の中へ招き入れられると、中では帳場の横で占いをする男がおり、一人の客を相手にしていた。

「ここは、占い屋さんで?」

よろず屋と聞いていたことも忘れておちかに尋ねると、「本来は荒物屋なんですけど、占いもしているんです」という返事であった。左膳とおちかに言われるまま、店の中へ上がり、奥の客間へと案内された。

中には先客がいたらしく、

「お待たせしました」

と、左膳が挨拶している。突然、わあっとはしゃぐような子供の声が聞こえたので驚いたが、「新しいお客さまがお越しだから、お前たちは玄武丸と一緒に庭に出ていてくれ」と左膳が言うと、「はあい」という素直な声がして、男の子が三人わらわらと飛び出してきた。

「こんにちは、おちかちゃん」

と、元気よく挨拶し、おすゑにも笑顔を向けてくれる。一人の子供が小さな亀を抱えていた。

子供たちが玄関と反対側へ駆け出していくと、おすゑは左膳に促されて部屋の中へ入った。

中には、髭を生やした男が一人、胡坐《あぐら》をかいている。

「ん、その人は……」

男の目は、おすゑのさらしを巻いた頭にじっと向けられているようだ。

「こちらは、おすゑさん。先日、こめかみに石をぶつけられ、怪我を負われまし
てね。その折、転んで頭も打たれたそうです。奇峰先生、診て差し上げてくれま
せんか」
「何だって。私はもう医者は辞めて……」
と、髭面の男は困惑したそぶりを見せた。おすゑも診てもらう必要などないと
言った。
ところが、そのおちかの言葉を聞くなり、奇峰の顔つきがいきなり変わった。
「頭を打ったのに医者にかからないのはどうかしている」
と、おすゑを説教し始めたのだ。「いやいや、奇峰先生。おすゑさんには事情
があるんですよ」と左膳が今のおすゑの立場を語り出し、話が進むにつれ、奇峰
の顔つきは険しくなっていった。
「玄武丸が頭を打ったと、三郎たちに引っ張られてきたが、亀が頭を打つなんて
どうもおかしいとは思ったんだ」
奇峰はぶつぶつ呟いていたが、その後、おすゑに向き直ると、
「さらしを解いて、傷口を見せてごらんなさい」
と、静かな声で告げた。

「私は雨宮奇峰という元医者だ。今はもう人は診ていないので、重症が疑われる時にはきちんとした医者にかかってもらわねばならぬが……」

口を動かしながらも、奇峰は手際よく傷口とたん瘤のできていた箇所を確かめていき、丁寧に症状を尋ねてくれた。それから、傷口への塗り薬を処方した後、おちかと一緒に台所へ行って、煎じ薬まで調えてくれた。

「おそらく大事には至らないだろうが、少し様子を見て、頭の激しく痛むことがあれば……」

煎じ薬の入った茶碗を差し出しながら、奇峰は懇々《こんこん》と言い聞かせてくる。湯気の立っている茶色い煎じ薬からは、ややきついにおいがした。その茶碗を受け取った時、おすゑは不覚にも涙をこぼしてしまった。

「どうした、おすゑさん。頭が痛み出したのかね」

奇峰が慌てた声を出す。少し離れたところに座っている左膳とおちかの様子が変わったのも、肌で感じ取れた。

「いえ、……違うんです」

おすゑは涙をこらえながら、首を横に振った。

世の中には、こんなに温かく接してくれる人たちがいるのだ、ということが胸

に沁《し》みただけだ。それを言えば、

「何も特別なことはしちゃいない。当たり前のことじゃあないか」

と、奇峰が言う。

そう、自分も当たり前のことだと思っていた。外に出ても、誰かから冷たい目を向けられず、堂々と道を歩いて、物を買えるのがふつうのことだと——。

だが、そんな暮らしは妙な噂が立って、一変してしまった。

本当に悪事を犯したのならともかく、自分も柳荘の人々も何もしていない。外に出れば白眼を向けられ、物を売ってもらえず、先日も塾生の一人が書物問屋から追い出されたと聞いた。何も悪いことをしていないのに、どうしてそんな仕打ちを受けなければならないのか。初め抱いていた疑問や怒りはそうした仕打ちを受け続けるうち、しぼんでいってしまうと知った。やがてはそれが当たり前のようになり、自分がふつうに暮らしていくことすら、人に遠慮しなければならないことのように感じてしまう。

そんな時に出会えたおちかや左膳、奇峰らの親切が胸に沁みないわけがない。

「ありがとうございます、皆さん。この御恩は決して……決して忘れません」

おするは受け取った茶碗を握り締め、額の前に掲げるようにして礼を述べた。

一生懸命こらえようとしているのに、涙はぽたぽたと膝の上に落ちた。

六

おすゑがよろず屋玄武で、奇峰の治療を受けた翌日以降、長沢町の私塾、柳荘には新たな噂が広まり始めた。何でも、柳荘の建物が建てられる前、この地で亡くなった子供の霊が成仏せず、この場所に取り憑いているというのだ。

それに至る経緯《いきさつ》には、おすゑが深く関わっている。

おすゑはよろず屋玄武からの帰りがけ、占い師の右京から「あなたの住まいには妙な霊が憑いているように思う。あなたの怪我も含め、さまざまな不運はそのせいではないか」と急に告げられ、仰天《ぎようてん》した。

左膳やおちかから「右京の占いは信用が置ける」と言われれば、もちろん疑う余地などあろうはずもない。

おすゑは心配だからと付き添ってくれた左膳とおちかと共に柳荘へ引き返し、そのことをすぐに主人の山県に告げた。左膳とおちかはどれだけ誘っても中へは入らずそのまま帰ってしまったが、翌日、右京が柳荘までやって来て、霊の有無を確かめてくれたのだ。

「やはり思った通りだ」

表通りに面した門前で、右京は朗々と告げた。

「この地には死霊が憑いている」

もとより悪い噂が広まり、読売にまで書かれた柳荘のこと。通りかかった人々の耳目を集めるには十分だった。

その結果、柳荘は祟《たた》られているという噂が、野火《のび》のごとく広まっていったのである。

「さっそくお祓いをした方がいい」

という右京の勧めによって、山県はよろず屋玄武にお祓いを依頼した。

その日すぐにでも祓ってもらいたいと山県は申し出たのだが、お祓いには吉日を選ぶことも重要だと右京は言う。そして、その後の話し合いにより、お祓いの日は三月末日と決まった。


その前日の夜五つ頃、件の柳荘の裏口に当たる木戸の辺りを、うろうろする二人組がいた。

「この度は、まったく金になる……あ、いや、面白き話の種を教えていただき、感謝しておりますよ、よろず屋の旦那」

小柄な男が上背のある男を見上げて言う。月末の夜空には月もないが、二人は提灯を持っていなかった。幸い星明かりは見えるので、物の輪郭も分からぬほどではない。

「いや、うちの店の名を出していただけるのですから、こちらとしても助かります」

小柄な男に言葉を返したのは、左膳であった。

共にいる男は、読売屋を営む小五郎である。先日、読売を買わされて知り合った仲だが、その後、八丁堀界隈を拠点とする読売屋をすべて調べ上げた挙句《あげく》、左膳は最後に小五郎を選んだ。面白い話を仕入れることに熱心で、かつ思慮《しりょ》の浅い者という点において、小五郎の上をいく者はいない。

見た目より実際は若くて、年は三十五だという。

抱えている若い連中を使って、話の種を集めさせているが、自ら足を動かすのも大好きなのだそうだ。雇い人たちは話の種を集めると同時に、売り子として三味線を弾いたり囃《はや》し立てたり、客集めの声を上げたり、とにかく何でもする。

そんな小五郎のもとへ左膳が出向き、

「うちの店の名を刷ってくれたら、長沢町の柳荘について面白い話の種をおたくだけにお教えしますよ」

と持ちかけたら、一も二もなく乗ってきた。

こうして、よろず屋玄武と小五郎の読売屋は持ちつ持たれつの仲となった。

当初は、右京の行うお祓いに小五郎を同行させ、その一部始終を読売に書いてもらうということで話はついていたのだが、

「お祓いの時、周りで見ている人に何が起こったのか分からぬまま、幽霊が成仏しちゃう、なんてこともありますかね」

と、お祓い決行の前日――つまりは今日の昼間のことだが、小五郎がよろず屋玄武に現れ、尋ねてきたのだった。

「それは、幽霊に訊いてみなければ分かりませんね」

と、受け流したものの、小五郎の内心が左膳には読み取れる。

（要するに、見物人にもすぐに分かるような派手な見せ場が欲しいということだな）

小五郎の眼差しが、左膳の横に座っている右京の方へちらちらと向けられてい

た。つまり、そこはうまくやってくれとの目配せなのだろうが、右京にはまったく相手にされていない。

「ところで、旦那」

右京に訴えても無駄だと悟ったらしく、小五郎が左膳に低い声で耳打ちしてきた。

「明日、右京さんに祓われてしまう前に、幽霊を見ておくことはできませんかね」

「見るって、小五郎さんが、ですか」

「そうですよ。実際に見ておけば、書く言葉に迫力が出るってもんです。あ、よろしければ、絵描きも一緒がいいんですがね」

放っておくと、小五郎の要求は次第に大きくなっていく。しかし、そんなものは無理ですよ、と斥《しりぞ》けてしまえば、臍《へそ》を曲げられ、読売に書いてもらえないかもしれない。それは、左膳としても困るのだった。

「それでは、右京に今晩、幽霊の出そうな時と場所を占っておいてもらいましょう。日暮れ時にまた、来てもらえますか」

そう言いくるめて、いったん小五郎を帰した左膳は右京とおちかと一緒に策を練った。

そして、夜五つになった今――。

左膳と小五郎の二人で柳荘へ足を運ぶ羽目となったのである。小五郎は絵描きも連れてきたかったようだが、「幽霊の絵は平気で描くくせに、怖がりな野郎で」とのことで、同行を断られたそうだ。

「小五郎さんは怖くないのですか」

念のため尋ねてみると、「へえ。あっしはぜんぜん平気でさあ」と自信たっぷりの答えが返ってきた。

「それに、旦那は浪人さんなんでしょ。いざという時、剣の使える人が一緒にいてくださるのは、心強いってもんで」

「幽霊に剣は効かないでしょう。それに、確かに私は浪人者ですが、店を持つようになってからは、刀は持ち歩きません」

「確かに、幽霊に刀は効かんでしょうなあ。なら、何が効くんで?」

「お祓いに決まっているじゃありませんか」

そのために、明日、右京がお祓いをすることになっているのだ。

「あ、そうでした」

小五郎はおどけたそぶりで、自分の額をぱちんと叩く。

「うちの右京の腕は確かですよ。そこのとこ、きちっと読売に書いていただけるんでしょうね」

「それはもう、お任せください」

今度は、胸を拳でどんと叩いた。いささか調子がよすぎて心配にもなってくる。

「あ……」

その時、小五郎の両目が大きく見開かれた。左膳もそちらに目を向ける。

「……鬼火《おにび》だ」

木戸の向こう側――柳荘のひっそりと静まり返った裏庭を、青い炎が浮かんでいた。

「小五郎さん、あれこそ、幽霊がいる証ではありませんか」

小五郎によく見てもらおうと、体を退けようとした左膳は、動きが取れず閉口した。何と、小五郎が左膳の体を盾《たて》に、身を隠そうとしている。その体は小刻みに震え、顔は左膳の袖で隠そうとしているではないか。

「それじゃ、鬼火がよく見えないでしょう。さあ、しっかりと見てください」

左膳が袖を引っ張っても、小五郎によって引き戻された。

「あわわ、み、見ました。あっしは確かに鬼火を見た……」

うわ言のように小五郎は呟いている。

「あ、鬼火のそばに白い人影が見えますよ。あれが幽霊なのでは……？　あ、こっちへ向かってきます」

「ひやあぁ！」

小五郎の口から、この世の終わりと言わんばかりの悲鳴がほとばしる。その後は早かった。左膳をその場に残したまま、すっ飛んでいってしまったのだ。

左膳はびっくり仰天して、鬼火の方へ目をやった。

髪をほどいた白い小袖姿のおちかが松明《たいまつ》を持って立っている。硫黄《いおう》を燃やして青い炎に見せかけた松明を――。

かなり凝った準備をしたにもかかわらず、小五郎はおちかの変貌した姿をしっかり見てくれたのだろうか。

左膳はおちかに向かって、もう帰れというように手を振ってみせた。柳荘の面々に見つかっては元も子もない。もちろん遠目であれば、彼らとて幽霊と勘違いしてくれるだろうが……。

その後、左膳は小五郎の姿を近くで捜したが、見つからなかった。もしやと思って亀島川《かめじまがわ》の橋を越えた川口町の読売屋へ足を向けると、小五郎がいるではないか。

「困りますよ。お一人でさっさとお帰りになってしまわれては」

「あ、いや。書こう、書きたいという気持ちがあまりにも膨《ふく》れ上がってきてしまいましてね。面目ない」

小五郎はすっかりいつもの調子に戻っていた。

「いやいや、この読売は売れますよ。まあ、旦那も期待していておくんなさい」

「明日の昼八つに、右京のお祓いですからね。それもしっかり見届けてくださいよ」

左膳はそう小五郎に声をかけ、幸町の店へ戻った。先に帰っていたおちかが「硫黄のにおいがついてしまって」と溜息を吐きながら、庭で白い着物を洗っていた。

「あそこまで凝ることはなかったな」

左膳も小さく溜息を漏らした。

翌日、柳荘では裏庭で右京のお祓いが行われた。野次馬が多く詰めかけたためか、裏の木戸は開けっぱなしになっている。見たい者はそこから入って、お祓いの儀を見てもよいということのようだ。

山村数馬は人に紛れて、その木戸をそっとくぐった。

白い小袖に袴姿の右京が裏庭に立っている。縁側の前には塾生と見える男たちが一列に並んでいた。

そして、縁側に中背のやや痩せた羽織姿の男が立っている。年の頃は三十代半ば、やや吊り上がった眉に涼しい目もと、頭頂のあたりで束ねた総髪《そうはつ》の男——間違いない、この家の主である山県大弐だ。

忌々《いまいま》しいほどに真っ白な足袋《たび》が高潔さや清冽《せいれつ》さを伝えてくるようであった。その山県の足袋と同じように真っ白の大幣を、右京が振り始める。

「祓戸《はらえど》の大神《おおかみ》……」

祝詞《のりと》を唱える右京の声は、ふだんのものよりずっと深みがあり、厳《おごそ》かささえ漂っていた。

「星々の五方かしこみて、祓いたまえ、清めたまえとかしこみ申す」

右京の持つ大幣がさっと振り上げられると、その先端にまばゆい光が射し込んだ。おおっという感嘆の声が見物人たちの口から上がる。

十分な間を置いた後、右京がゆっくりと大幣を下ろした。それからゆっくりと山県の方へ向き直り、

「これにて、死霊は浄土へ渡りました。もうご安心を」

と、右京が少し疲れたような声で述べる。

「まことにありがとうございました、柏木先生。ひとまずは中でゆっくりとお休みください」

山県が堂々たる態度で、深々と一礼した後、中へ入っていった。すると、塾生たちが一斉に右京を取り囲んだ。大幣を受け取ったり、手ぬぐいを差し出したり、右京の世話係のようだ。

やがて、右京が案内役らしい塾生のあとについて、屋内へ入るのを見届けると、山村数馬はすぐにその場を離れた。もちろん、誰かに見咎められたところで問題はない。右京は山村の店子なのだ。店子の仕事ぶりを見に来たと言えばそれまでのこと。

とはいえ、この場で左膳やおちかと遭遇し、わざわざ来たのかという目で見られるのも、面倒なことであった。出くわさないで済むのなら、その方がよい。

いずれにしても、この件で柳荘は罪人をかくまっているという根拠のない噂が、

幽霊に取り憑かれた塾という噂によって塗り替えられることになった。

幽霊も右京によってお祓いされたため、悪い噂はこれで払拭《ふっしょく》されることになってしまうか。

「失敗……か。まあ、いい」

ただし、この一件に関わったよろず屋玄武については、今後も注意する必要があるだろう。山村はそのことをしっかりと心に留めた。

第四話　俠客の娘

一

柳荘のお祓いの翌日、月が替わって四月となった。衣替えを経て人々の身は軽くなり、目に入る青葉も瑞々《みずみず》しさを増したようだ。

よろず屋玄武で飼われている亀の玄武丸は、夏になって動きが活発になっている。活発といっても、場所を変えては日向《ひなた》ぼっこを楽しんでいるという感じなのだが、元医者で獣の治療もする奇峰からは、「甲羅を陽に当てるのは亀にとって入用なことだから、邪魔しないように」と言われていた。

奇峰と同じ長屋に暮らす三郎たち三人組は、玄武丸の様子を見るためと称して、よく裏庭へやって来る。今では玄武丸のことをかわいがり、餌をせっせと運んでくるほどで、間違ってもいじめるなどということはなかった。

玄武丸の方も餌をくれる相手と思っているのか、三人組を見ると、時折、キュウという鳴き声のような息の音を立てるそうで、子供たちは喜んでいるらしい。

「玄武丸の食べる量が近頃増えているみたい」

夏になって、おちかが気がかりそうに呟いた。奇峰にも相談し、亀の食べ物を豊富に買えるほど、よろず屋玄武は儲かっているわけではない。外で摘める草を教えてもらったりしながらやりすごしていたが、玄武丸の食欲はますます旺盛になっていく。

そのことを、ある時、物書同心の娘、お佐世に話すと、

「あら、そういうことなら、調理の時に使わなかった青菜の切れ端や茎の部分などをお持ちしますわ」

と、申し出てくれた。

「うちも豊かではないですし、そんなに出るわけじゃありませんが、組屋敷の方々に声をかければ、そこそこの量になると思います」

「いや、そこまでしていただくのは」

左膳は遠慮しようとしたが、

「左膳さまには兄のことでお世話になりましたもの」

と、聞き容《い》れてくれなかった。

「それより、左膳さまはおちか殿とここでお暮らしなのですよね。飯炊きなどは人を雇っておられるのですか」

お佐世は探るような目を向けて訊いてくる。

「通いで来てもらっています。朝の飯炊きは私がしますけれど」

雇っている飯炊きの女は昼過ぎに来て、夕餉《ゆうげ》の支度と翌朝のお菜を用意してくれる。朝の飯炊きと汁物作りは左膳の仕事であった。おちかにやらせてみたところ、一回目に飯を焦がしたため、二度と手を出すな、ということになったのだった。

「まあ、おちか殿がなさっているのかと思っていましたわ」

お佐世は目を瞠《みは》った。

「人には向き不向きがありますから」

「おちか殿のご器量なら、奥さまとしてかしずかれるところへお嫁入りできるでしょうけれど……」

と言うお佐世の声には、どことなく棘《とげ》が感じられた。お佐世が年の近いおちかに対抗心を抱いていること、おちかもまた同じらしいことには、左膳も気づいている。そうした女の諍《いさか》いに関わるつもりはなかったが、

「私が左膳さまの朝餉《あさげ》のお支度をしにまいりましょうか」

と、お佐世が言い出した時には、さすがに焦った。何でも、お佐世の家では人を雇う余裕がなく、両親と兄四人分の食事を母とお佐世で賄っているそうだ。料理には自信があると言いたげなお佐世の申し出を、左膳は角が立たないよう必死に断った。

そのやり取りを聞いたおちかが目を吊り上げ、「明日からは私が朝餉の支度をします」と言い出したのにも反対したが……。

お佐世が朝餉を作りに来る話はなくなったものの、玄武丸の餌を届けてくれるという話はありがたく受け、それから毎日、お佐世は青物の余り物を持って店へやって来る。来れば長々と左膳のそばから離れないので、おちかはそれが気に入らぬようであった。

お佐世の他に、左膳を訪ねて店へ現れる者がもう一人いる。読売屋の主人小五郎だ。お佐世のように毎日というわけではないが、自分のところで刷った読売を届けに来てくれるのだ。また、暇に飽かして足を運んでは、面白い話はないかと

いる。

左膳に訊いたり、右京の方をうかがったりと、いつも抜かりなく耳目を働かせて

「よっ、旦那。お邪魔さま」

小五郎がめずらしく人を連れて、よろず屋へ現れたのは四月上旬のことであっ

た。新しく刷り上がった読売を持ってきたというわけでもないらしい。

「小五郎さん、ようこそお出でくださいました。お知り合いをお連れくださった

のですね」

左膳は小五郎の連れに笑顔を向けて、軽く会釈した。三十路前と見える男で、

吊り上がった目つきがやけに鋭い。青鼠《あおねず》色と濃鼠《こいねず》色の縦縞《たてじま》の小袖を粋に着こなし

たその出で立ちは、どことなく用心棒でもやっていそうな隙《すき》の無さが感じられた。

「こちらは、神田《かんだ》の興三郎《こうざぶろう》一家のあにさんでね。源之助《げんのすけ》さんとおっしゃいます」

侠客《きょうかく》だったのかと納得しながら、左膳は軽くうなずいた。

「源之助さんには近々おめでたいことが控えてましてね」

小五郎が明るい声で言い添えた。

「興三郎親分のお嬢さんと祝言《しゅうげん》を挙げられるんですよ」

「それは、おめでとうございます。親分さんからのご信頼も厚いんですね」

「いや、俺にはまったくもったいねえお話で」

源之助の鋭い目つきが、この時だけは和らいだ。

「何をおっしゃる。源之助さんを信頼していればこそ、跡目《あとめ》を継がせるおつもりになったんですよ」

小五郎が源之助を励ますように言った。

「それでは、婿養子にお入りになるのですね。跡目ともなると大変でしょう」

「いや、まあ」

「源之助さんと吉乃《よしの》お嬢さんが祝言を挙げた折には、うちの読売でも書かせていただきますよ。興三郎一家の跡目決まるってね」

小五郎は興三郎一家と親しいのか、源之助の肩でも叩きかねない勢いであった。しかし、源之助の仕合せを吹聴《ふいちょう》するために連れてきたとも思えない。どういうことかと思いながら、左膳が二人の出方を待っていると、

「ところで、こちらさんではさまざまな頼みごとを聞いてくれるという話で、お間違いありやせんか」

やがて、源之助が左膳の様子をうかがいながら尋ねてきた。

「はい。もちろん、お話をお聞きした上で引き受けるかどうかを決めさせていた

だきますが……。頼みごとがあるのは、源之助さんでしょうか」

左膳が尋ねると、「いや、俺じゃありやせん」と源之助はすぐに言った。だが、

「実は、お嬢さんが……」

と、続けた時にははっきりしない物言いになっている。

「許婚《いいなずけ》の吉乃お嬢さんのことですよ」

と、からかうように小五郎が言い添えたが、源之助は照れているわけではなく、何か複雑な事情が絡んでいるらしい。

「では、お嬢さんの代わりに源之助さんが来られたので？」

「いや、それはやっぱりお嬢さんご自身から……」

と、源之助は首を横に振る。今日は引き受けてもらえるかどうか、訊きに来ただけだという。

「お嬢さんには俺から伝えておきますんで、後日、改めて伺うことになると思いやす」

事前に露払いとは、源之助は吉乃をよほど大切にしているようだ。用事の済んだ源之助は、

「それじゃ、俺はこれで」

と、帰っていったが、小五郎は左膳に話があると言って残った。源之助の姿がすっかり見えなくなって、少しすると、

「旦那は興三郎一家について、ご存じですかい？」

小五郎は勢いづいた様子で訊いてくる。どうやら、この話をしたくてたまらなかったようだ。

「いえ、くわしいことはまったく」

左膳は正直に告げた。八丁堀のことはくわしく調べているが、神田の侠客に藤井右門が関わる見込みはかなり低い。だから、親分の名前を聞いたことはあったが、それ以上のことは何も知らなかった。

「興三郎一家が力をふるってる神田には、他に丹次郎《たんじろう》一家ってのがありましてね。まあ、覇《は》を競い合ってたわけなんですよ」

丹次郎一家の方が若干、抱えている子分の数が多かったが、興三郎一家には強《つわ》者《もの》がそろっている。本気でぶつかれば勝敗は分からないが、そんなことをして双方の力を殺《そ》いでも、余所《よそ》の侠客を喜ばせるだけだ。

「そこで、まあ、これからは力を合わせていこうって話になったんですね。それが十年くらい前かな。その時、丹次郎一家の跡取り――丹三《たんぞう》っていうんですが

──この丹三に吉乃お嬢さんが嫁ぐことになった」

　吉乃は興三郎のただ一人の子供だったが、その頃はまだ、跡取りの実子に恵まれる見込みもあったからか、興三郎は吉乃の嫁入りを承知したそうだ。ただし、吉乃は丹三より十歳ほども年下だから、嫁入りまでしばらく待たせることになる。そこで、興三郎は条件を出した。

「吉乃さんの嫁入りまで、丹三は妾《めかけ》を持たないこと、また吉乃さんの子供に丹次郎一家の跡を取らせること。この申し入れを丹次郎親分も承知したんですがね」

　小五郎は声を潜め、左膳だけに見えるようににやっと笑ってみせた。

「丹三さんがその約束を破ったというわけですか」

　話の先を読んで、左膳が言うと、「破ったなんてもんじゃないですよ」と小五郎はささやいた。

　妾を囲っただけではなく、子まで儲けていたそうだ。丹三としては縁談をぶち壊しにするつもりはなく、あくまで軽い気持ちだったようだが、事情を知った吉乃が嫁入りは嫌だと言い出し、興三郎親分も約束が違うと抗議した。

　さらにここに至るまで、興三郎が吉乃以外の子に恵まれなかったという事情も重なり、娘に婿養子を取って跡を継がせたいと、興三郎の考えも変わっていた。

かくして、興三郎一家と丹次郎一家の間には罅《ひび》が入ってしまい、丹三と吉乃は破談になる。

「なるほど、源之助さんはそういう流れで、吉乃さんの婿養子に収まったわけでしたか」

「そうなんですよ」

小五郎はもう一度、にやっと笑った。

「この縁談にゃ、丹次郎一家が黙っちゃいないだろうってのが、世間の専らの見方でしてね。今のところ動きはないんですが、いずれ討ち入りでもするんじゃないかって、戦々恐々《せんせんきょうきょう》としているんですよ」

「討ち入りとはまた、大ごとじゃありませんか」

左膳は目を見開いた。そんなことが現実になれば、公儀の役人たちとて黙ってはいないだろう。

「ま、派手であればあるほど読売は売れますのでね。このまま何事もなく祝言が終わっちまうよりは、何か起こってくれた方がありがてえ。あ、これは源之助さんには内密で頼みますよ」

「言えるわけありませんよ」

と、言葉を返したものの、小五郎のしたたかさには半ばあきれ返る。

「それじゃ、吉乃お嬢さんがいらしたら、よろしく頼みます。面白そうなお話だったら、こっちにもよろしく頼みましたよ」

小五郎は最後に調子のいいことを言って、帰っていった。

二

興三郎の娘、吉乃がよろず屋玄武へやって来たのは、源之助が来た翌日のことであった。護衛として若い子分が二人ほど従っていたが、源之助の姿はない。

「これほど早くお越しくださるとは思っていませんでした」

白地に鮮やかな菖蒲《あやめ》柄の振袖を着た吉乃は、道行く人が振り返りそうなほど粋で美しかった。

「旦那のことは、源之助から聞いております。信頼してお話しするに値するお人だ、と——」

そこまで言われるほどの深いやり取りはなかったはずだが……と、左膳は首をかしげる。

吉乃はくすっと思わせぶりに笑った。

「あれで、人を見る目はあるもんですから」

源之助の人を見る目が最も発揮された時といえば、自分の女房を選んだ時であろう。

「そのようですね。よく分かります」

左膳は吉乃の笑みに、微笑で答えた。吉乃は切れ長の目をほんの少しだけ伏せると、笑顔はそのまま、

「嫌ですよ、旦那。戯言《ざれごと》だってお分かりなのに、真面目に返されたりしちゃ」

と、切り返す。これで嫁入り前の若い娘か――と疑いたくなるような口の利き方と態度であった。

「それでは、まずはお話を伺いますので、奥の部屋へお上がりください」

左膳の勧めに吉乃はうなずくと、「お前たちはお邪魔にならないよう、お店の前で待っておいで」と二人の子分たちに命じた。

「いや、外は暑いですし、部屋は他にもありますので」

左膳が子分たちを部屋へ上げようと言うのを、吉乃はきっぱりと断り、意を枉《ま》

げなかった。俠客の一家には相応の決まりというものもあるのかと、左膳も納得するしかない。

吉乃をいつもの客間へ通すと、おちかが冷えた麦湯を持って現れた。

「これはご丁寧に、ありがとうさんでございます」

吉乃は丁重すぎる態度で礼を言い、きれいな所作で茶碗を手に取る。麦湯を飲む姿勢も美しく、目が惹きつけられてしまう。おちかもそのまま吸い寄せられたように吉乃を見つめていた。

「これは、私の妹で、おちかと申します。頼みごとの中身によっては手伝うこともあるのですが、お話を伺う場に同席させるかどうかは、お客さまにお任せしています。吉乃さんはどうなさいますか」

左膳が尋ねると、「さようですか」と吉乃は茶碗を茶托に戻し、じっとおちかを見つめた。

「では、ご一緒にお聞きになっていただければ、と存じます」

吉乃の言葉に、おちかが「承知いたしました」と頭を下げる。

「それでは、お話しください」

左膳が促すと、吉乃はうなずいて語り始めた。

「実は、お頼みするのにふさわしい話ではござんせん。頼みごとというより、ただの願いと呼ぶようなものでして。とはいえ、種々のお頼みごとを請け負っている旦那方なら、よいお知恵を授けてくださるのではないかと、今日は足を運ばせていただきました」

歯切れのよいしゃべり方は相変わらずだが、すぐに本題に入ろうとしない。前置きが長いのは、この場にふさわしくない頼みごとだと懸念しているからのようだ。

「私どもの方こそ大した実績もありませんので、気兼ねなくお話しください。何をお聞きしたにせよ、それを余所で語るようなことはありません。読売屋の小五郎さんは源之助さんをうちへ連れてきてくれた恩人ですが、あの人にも話しませんから」

「ああ、小五郎の旦那」

真面目な表情になっていた吉乃の顔に、少しだけ笑みが戻ってきた。

「大方、面白い話が聞けたら教えてほしいと、旦那におねだりしているんでしょう」

左膳は微笑みながら無言で返した。

「では、お聞きくださいませ。私の願いとは、育ててくれた乳母《うば》のお松《まつ》を『おっ母さん』と呼びたい、ただこれ一つに尽きるのでございます」

吉乃はひと息に言うと、ゆっくりと深呼吸してから続けた。

「何を言うのだ、呼びたいなら呼べばいいとお思いになるでしょう。ですが、私が浅はかにもその言葉を口にすれば、何が起こるか分かりません。お松自身が悲しむかもしれない、場合によっては私の前から姿を消し、消息を絶ってしまうかもしれない。また、私が父を批判したと思う者も出てくるかもしれません。それは、源之助のためにもよくないと思うのです」

吉乃は言葉を選ぶようにしながら、決して早口になることもなく、慎重に語っていった。

「吉乃さんが興三郎さん、お松さん、それに源之助さんをとても大切に思っていることがよく分かりました。その方たちを傷つけず、また困らせず、ご自身の願いを叶える策があれば知りたいということでございますね」

左膳の言葉に、吉乃はゆっくりとうなずき、「もう少し聞いてくださいませ」と話を続けた。

吉乃が生まれた時、生母は体調を崩し、赤子の世話ができる状態ではなかった。

一方、お松は生まれた子を亡くしたばかりであった。双方の事情によって、乳母として雇われたお松は、吉乃に乳を与えるだけでなく、すべての面倒を見ることになったのである。

そうこうするうち、吉乃の生母は亡くなり、お松は夫から離縁されてしまった。そのくわしい事情は吉乃も知らない。ただ、身寄りのなくなったお松にとって、吉乃はただ一人の情を注げる相手であり、母を亡くした吉乃にとってお松は母そのものだった。二人は断ちがたい絆で結ばれたのである。

「父は、お松が私をかわいがることに温かい目を向けていました。私のことをよろしく頼むとお松に言い、離縁されたお松に、よければずっといてほしいと言ったんです。お松は父に感謝していました。物心ついた頃の私は、お松がいずれ父の後添《のちぞ》いになるのだと思っていました。若い衆たちも私やお松にそう言っていましたし、私としてはむしろそうなってほしいとさえ願っていたんです」

ところが、実際はそうはならなかった。

父は吉乃の生母の妹——つまり叔母を後添いに迎えたのである。この叔母は出戻りで、前の夫との間に子はなかった。

「父は、母方の祖父に恩を感じることがあったようです。また、血のつながった叔母であれば、継子《ままこ》の私をいじめることもないだろうと思ったのでしょう。ですが、叔母は私のことなど、これっぽっちもかわいがってはくれませんでした」

叔母はとても冷たい女だったと、吉乃は言った。

吉乃が七つの時、丹次郎一家の跡取りである丹三と縁談がまとまったのだが、この時、叔母は吉乃に言ったそうだ。「お前はもう要らない子だから、お父つぁんは嫁に出すことにしたんだよ」と——。さらに、「この家の跡取りはあたしが産むから、心配しなくていいよ」とも——。

「この時、お松は私のために泣いてくれました。それからです、お松が私の育て方を変えたのは——。俠客のおかみはどういうふうに振る舞い、何が求められているのか、お松はよく調べ、分かる人に尋ね、私をどこへ出しても恥ずかしくないようにと導いてくれました」

今の自分があるのは、お松のお蔭だと吉乃は言った。

そして、雇われた乳母にすぎない立場で、お松が吉乃を育てるのは決して平たんな道ではなかった。

「継母は私をいじめはしませんでしたが、代わりにお松をいじめたのです。もしかしたら、懸命に押し殺していたお松の父への想いに、女ながらの勘で気づいていたのかもしれません。お松自身の言動もあげつらわれましたが、継母は私が失敗したり逆らったりすると、育て方がよくないせいだと、お松を責めたのです。お松は自分が責められても決して泣きませんでしたが、私のせいで叱られた時は物陰でよく泣いていました。私はお松に何度もお願いしたものです。この家から出ていかないで、私を独りぼっちにしないで、と――」

お松は「決してお嬢さんを一人にはしません」と言い、継母のいじめに耐え、ずっとそばにいてくれた。その継母は父の跡取りを産むことなく、二年ほど前に他界したのだが、お松の立場はその後も変わっていない。

「お松はずっと待っていたと思うのです。嫁に来てくれ、吉乃の母になってくれと、父が言うその時を――。私の思い違いではないと思います。父が叔母を後添いに迎えると決めた時、お松はやはり泣いていましたから。声を立てないように懸命に手ぬぐいで口を押さえながら、涙をぽろぽろ流していたんです。あの時は、私もそばに行くことができませんでした」

「もしや吉乃さんは、お松さんが興三郎さんの後添いになることをお望みなのですか。そうなればお松さんを『おっ母さん』と呼ぶことは自然に叶うと思うのですが……」

左膳が問うと、吉乃は少し沈黙した後、「分かりません」と答えた。

そのことは自分も考えたという。だが、答えは出なかったそうだ。

かつてお松が父の後添いになりたいと思っていたのは間違いないだろう。だが、今もそうとは限らない。また、父の本心もはっきりとは分からない。

「父とお松のことは、こうなってほしいなどとは思いません。私も子供ではありませんし、二人が思う通りにすればいい。ただ、私だけの思いとして、母親以上に母親だったお松を『おっ母さん』と呼びたい。いつまでもお松と呼び捨てにすることが切ないのです」

「お気持ちはよく分かりました。確かに、容易《たやす》いようで、とても難しいことですね」

左膳は慎重に呟いた。

「私が何より恐れているのは、私の祝言を機に、お松が私のもとを去ろうとするのではないか、ということでございます。お松は自分の役目は終わったと思うかもしれません。けれども、私はお松をそんなふうには思っていない。母親の役目が終わったからといって、母親を遠ざける娘がどこにいますか」

吉乃の望みは、お松を「おっ母さん」と呼ぶことで、本当の母娘《おやこ》の絆を手に入れることなのだろう。本当の母と娘ならば、娘が夫を持ったからといって離れ離れになったりはしない。

だが、雇われた身のお松は、吉乃が婿を取って一人前となった以上、付き添う理由はないと考えるかもしれない。お松が興三郎の後添いになりたいという望みを一度でも抱き、それが叶わなかったのであれば、それを断ち切るためにも一家から離れようとするのではないか。遠慮深い女であればなおさらだ。

「残念ですが、吉乃さん、今すぐにお役に立つような助言はできかねます。お答えをご用意できるかどうか、少し考えさせてください。お代は答えをご用意でき、吉乃さんの願いが叶った場合だけ頂戴《ちようだい》することにいたしますので」

左膳の返事に対し、吉乃は深々と頭を下げた。

「妙なお頼みごとをしてしまい、こちらこそ申し訳ないことをいたしました。聞いていただけただけでも、胸の内が軽くなった気がいたします」

吉乃はその言葉の通り、すっきりした表情をしていた。

「こちらの返事が決まりましたら、直にお伺いするなり、言伝《ことづて》をお届けするなりいたしますので」

左膳は言い、おちかと二人、吉乃を店前まで見送った。店の脇で待っていた若い衆が周囲に目配りしながら、吉乃のあとに続く。

「今から右京を含めて話し合い？」

おちかが尋ねてきた。通常であれば、依頼を受けた後、これを引き受けるかどうか、三人で話し合って決めるところだ。だが、左膳は少し考え、

「いや、まだ今はいい」

と、右京にちらと目を向けて答えた。

今は占いを待つ人はおらず、右京は占いを終えた客と世間話でもしているようだ。

「たぶん、この一件で押しかけてくる人がいるだろうから、その話を聞いてからだな」

「もしかして、吉乃さんの許婚の人？」

昨日の源之助の様子からして、吉乃のことが心配でならないのだろう。吉乃の依頼そのものを聞かされているかどうかは分からないが、いずれにしても様子を訊きにここまで来るはずだ。

その左膳の予測は見事に当たった。

当日の夕方、源之助は一人でよろず屋玄武に現れたのである。

三

源之助が来たのは暮れ六つになろうという、茜《あかね》色の西陽がまぶしい頃であった。

店の中に客はいなかったので、左膳は右京に暖簾を下ろすように告げた。そして、先ほど吉乃を通した客間に源之助を招くと、右京とおちかを含めた三人で話を聞くことにしたのである。

「お嬢さんが今日の昼間にこちらへいらしたそうで」

源之助は手にした手ぬぐいで額の汗を拭い、おちかの出した麦湯をひと息に飲み干してから言った。

「はい。私と妹の二人でお話をお聞きしました。見た目のお美しさもさることながら、物腰に貫禄がおありで、目を瞠るばかりでございました」

「まったくで」

謙遜《けんそん》することもなく、源之助はほうっと息を吐いた。

「うちの親分の自慢の一人娘でね。あの方に余所に嫁入りされちまえば、俺たちの一家はばらばらになるところだったが、残ってくださることになって、本当に皆が感謝してるんです」

「そのご自慢のお嬢さんをもらうことになった源之助さんは、皆さんからやっかまれているのではありませんか」

左膳が少しからかい混じりの声で尋ねると、

「そりゃあ、もう。俺の指が欠けてないのが不思議なくらいで」

と、源之助も笑みを浮かべた。

「それで、今日は何の御用でしょうか。吉乃さんのお頼みごとの中身については、私どもから語るわけにはいきませんが……」

「あ、いや。それじゃないんで」

源之助は慌てて片手を横に振った。

「お嬢さんのお望みについちゃ、聞いてはいないんですが、おおよその見当はついてます。けど、今日、こちらさんに伺ったのは、俺自身の頼みを聞いてもらえないかと思いやして」

「そうですか。もちろん、私どもにできることなら、よろず承りますよ。仮にお受けできなかったとしても、ここで聞いたことを余所へ漏らすことはありません」

「そうですか。そりゃ、ありがたいんですが……」

少しほっとした様子を見せつつも、源之助は語り出すのを躊躇《ためら》うふうであった。

「何か気がかりなことでも？」

「いえ、こちらさんへの頼みごとって、一人じゃ手に余る仕事とか、人手を借りて手早く仕上げたい仕事とか、そういう類ですよね。けど、俺がこれから話すことは……」

源之助は厳《いか》つい顔に似合わず、歯切れの悪い物言いをする。

「お頼みごとの中身は本当に人それぞれです。あまりかまえず、気楽にお話しください」

左膳は、語り出すのを躊躇っていた吉乃を思い出しながら言った。夫婦になる前から似た者同士であるようだ。

「それじゃあ、話をさせていただきやす。実は、俺たち興三郎一家には、覇を競い合ってた一家がありましてね。丹次郎一家というんですが」

そのあたりの話は、読売屋の小五郎から聞いていたが、左膳は何も聞いていないふうを装った。源之助はおちかが注ぎ足した麦湯を一気に飲み干すと、先を続ける。

「丹次郎一家ってのは、ちょいと信用のできないところがありましてね。侠客の風上にもおけねえんですが、口約束を反故《ほご》にするんでさあ。ま、言い出したら切りがないんで、そこんとこは端折《はしょ》りますが、十年ほど前、それまでのことは水に流して手を組もうって話が持ち上がったんです。そん時、吉乃お嬢さんが十七歳になったら、丹次郎一家の跡継ぎである丹三に嫁入りさせることになりました。丹三はお嬢さんより十も年上だったんで、ま、女遊びはするだろうが嫁入りまでは妾を作るなってことで、丹次郎一家も承知したんです」

ところが、丹三がその約束を破り、妾を囲ったばかりでなく、子まで作っていたことが分かり、吉乃が嫁入りを拒絶。丹次郎一家は丹三の仕打ちに詫びは入れるが、嫁入りの話を反故にするほどではないと言い、双方の考えは食い違った。一触即発の危ない時もあったのだが、大きな闘争にはならず、うやむやなまま今に至る。そこまでの話を、源之助は憤懣《ふんまん》やる方ない口調で語った。

「吉乃さんと源之助さんが祝言を挙げることになった今、丹次郎一家が事を起こすかもしれないということでしょうか」

源之助がおちかの注いだ麦湯をがぶ飲みしている間に、左膳は尋ねた。

「まあ、そういうことはあるかもしれやせん」

源之助は手の甲で口を拭いながら言った。

「しかし、何があろうと、俺たち……いや、俺はお嬢さんをお守りしてみせます。丹次郎一家なんざぶちのめしてやりまさあ。けど……」

勢いづいていた源之助の調子が急に変わった。鋭かった眼差しから強い光が消えてしまったようだ。

「お嬢さんが……本当にそれを望んでいるのかどうか」

源之助の口から、それまでとは打って変わった小さな声が漏れる。苦悩に満ちた声であった。

「どういうことです。吉乃さんが源之助さんたちに守られるのを望んでいないということですか」

気風《きっぷ》のいい吉乃の態度を思い返し、左膳は首をかしげつつ問い返した。

「というより……丹三を待ってるんじゃねえかと」

「えっ、丹三って、吉乃さんを裏切ったろくでなしですよね」

驚きの声はそれまで黙っていたおちかの口から上がった。

「もともと丹三とお嬢さんは、お似合いだったんだ。破談になるまでは皆がそう言ってたし、俺だって、そう思ってた」

源之助は吐き捨てるように言った。それまでの丁寧な言葉遣いも忘れてしまったようだ。

だが、源之助の剣幕に、おちかが唖然《あぜん》としていることに気づくと、「申し訳ねえ」と呟き、深呼吸をした。少し落ち着きを取り戻すと、表情を改めて再び口を開く。

「丹三は役者みてえな色男でしてね。実際、女にゃよく惚れられるし、お嬢さんも惚れてたはずなんです。だからこそ、妾がいたって話にあれだけ怒ったんでしょうよ」

丹三と吉乃の破談は、吉乃の怒りが発端だったそうだ。吉乃さえ怒りを呑み込むならば、興三郎は破談にはしなかったかもしれないと、源之助は悔しそうに言った。

ところが、落としどころを見出すべく話し合いが持たれる中、興三郎一家の側から見て、丹次郎一家は信用できぬと思われる点がいくつも出てきた。丹三が妾を囲って子を作っていただけではない。それを大したことがないと考える家風、そもそも興三郎一家を対等とは見ず、併呑《へいどん》すると考えているような見下した態度。

ついに興三郎も吉乃は嫁にやれぬと意を決し、闘争も辞さぬ構えで、丹三と吉乃の破談は決まった。それから一年ほどして、源之助が吉乃の婿となることが興三郎の意向で決められたのだが、

「お嬢さんが心の底から承諾しているかどうか、俺には分からねえ」

と、源之助は苦しさを吐き出すように言う。

「ですが、吉乃さんが承諾したからこそ、ご縁談はまとまったのでしょう？」

あの吉乃が人の言いなりになったり、嫌々ながら首を縦に振るとは、とても思えない。左膳に続けて、

「納得できない縁談を承知することなんてありませんよ」

と、おちかも言った。

「けど、丹三への怒りや当てつけから、俺でもいいって自棄《やけ》になってるかもしれねえじゃないですか」

源之助が思いを叩きつけるように言葉を返す。その目に暗い情念がこもっているのを見ると、左膳は何も言えなくなった。

「あの吉乃さんが自棄になったりするかしら」

おちかが小声で疑問の言葉を呟いたが、たとえ聞こえていても、源之助の心に

は届かないだろう。今の源之助は、吉乃の本心への疑いで黒く塗りつぶされているのだから。

「話を元へ戻しましょう」

その時、静かな声が熱っぽくなっていたその場を一気に冷やした。それまで一言もしゃべらなかった右京が口を開いたのだ。

「源之助さんの口から頼みごとはまったく出てきませんが、お察しするに、吉乃さんの本音を知りたいということでいいのでしょうか。元許婚に心を残しているような女を娶《めと》ることはできない。だから、本心が知りたい、ということですね」

まったく遠慮のない物言いに、「おい」と左膳は右京をたしなめたが、本人はどこ吹く風の表情である。源之助は恨めしげな眼差しを右京に向けたが、その言葉を否定はしなかった。

「私の推測が間違っていたら、おっしゃってください」

右京は澄ました顔で、源之助を促す。

「俺は……お嬢さんを嫁にしたくねえ、なんてことは一度も……」

源之助が言いながら首を横に激しく振る。

「分かりました。そこが違うというわけですね。では、吉乃さんの本心を知りたいという件はよろしいでしょうか。ちなみに、お二人の祝言の前でなければなりませんよね」

次々と畳みかける右京の言葉が終わる前に、左膳はごほんと咳《せき》ばらいをした。

「源之助さん」

暗い表情をした源之助に柔らかな声で呼びかける。

「お頼みごとについては分かりました。そんなのは吉乃さんに一言尋ねれば済む、という考え方もあるでしょう。ですが、源之助さんが尋ねても、本心を語ってくれるかどうか分からない。たとえ本心を語ってくれたところで、源之助さんはそれを信じていいのか分からない。だから、私どもの力を借りようと考えてくださったのだと思います」

源之助の表情は強張ったまま、その眼差しは食い入るように左膳へ向けられていた。

「ならば、私どもが代わりに訊けばよいのかというと、そうでもありません。そもそも、吉乃さんが本心を打ち明けてくださるかどうかは分かりませんし、答えがどうあれ、源之助さんが信じられなければ甲斐《かい》はないのですから。そこで、少しだけ私どもに知恵をしぼる暇《いとま》をください。大変難しい頼みごとですから、お断りするかもしれません。その時は、お代はいただきませんので」

「分かりやした。それなら、俺はいつ返事を聞きにくりゃいいですか」

源之助は忙《せわ》しない口調で訊いた。

「なるべく早く答えを出しましょう。それでは明後日、またこちらへ足をお運びいただけますか」

左膳が問うと、源之助は「承知しやした」とすぐに答えた。

「よろしく頼んます」

源之助は気を取り直すと、左膳に向かって深々と頭を下げた。それから、

「お嬢さんは……あれでけっこうな苦労人でしてね」

身は起こしたものの、下を向いたまま、源之助はぽつりと呟く。

「産みのおっ母さんの顔は知らず、継母となったおかみさんとは折り合いもよくなくて。挙句、許婚には裏切られ、その後は有無を言わせず、親父さんの決めた男を婿に取らされる……。ちったあ、いい運ってやつがお嬢さんにめぐってきてもいいでしょう?」

そうでなきゃ、浮かばれませんんや——とでも言うかのように、顔を上げた源之助の目が左膳を鋭く射貫《いぬ》く。

帰路に就く源之助を見送りに出た時、陽はもう沈み、辺りは残照の漂う薄明かりに包まれていた。源之助は軽く会釈すると、急ぎ足で帰っていった。

四

源之助が帰るのを見送った後、左膳と右京、おちかの三人は同じ部屋に集まった。

「右京、もうしばらく帰るのを後にしてもらえるか」

左膳の問いに、「かまいませんよ」と右京は答えた。

「それでは、ここからは素でいこう。右京、それに周子殿」

左膳が右京とおちかに目を向けると、二人の表情がたちまち変わった。

「話し合いたいのは、吉乃と源之助、それぞれの頼みごとの件だ。一見つながりはなさそうだが、どちらも二人の祝言を機に噴き出した問題だろう。吉乃は育ててくれたお松を『おっ母さん』と呼び、この先もずっと母娘として生きていきたいと望んでいる。片や、源之助は吉乃が元許婚の丹三とやらに心を残していやしないか、自分と一緒になるのは意に染まぬことではないかと、気に病んでいる」

「いずれの話も本人に頼むなり、訊くなりすれば済む話だがな」

右京が皮肉混じりに呟いたが、「それができないからこその頼みごとだろう」と左膳が言うと、言葉を返してはこなかった。

「ですが、源之助については、まったく要らぬ気遣いだと思います。私から見るに、吉乃が源之助と一緒になることに、不満やあきらめを抱いていることはないと思うのですが……」

「うむ。私も同じ考えだ。自分の祝言を前に、乳母のお松を気遣えるのは源之助に不満がない証だろう。もし何らかの鬱屈《うつくつ》を抱えていれば、お松に気を回すことはできまい。ただ、問題は源之助にどう分からせるか、だ。真実であろうとも、源之助が受け容れられなければ、何の甲斐もない」

左膳が言うと、右京が大きく息を吐いた。

「思い込みが強く、人の言葉を聞かぬ者には何を言っても無駄だぞ」

「では、右京はこの件は断った方がよいという考えか」

「誰がそんなことを言った」

右京が左膳を鋭い目で睨む。

「この程度のこと、どうにかできぬようでは窺見《うかみ》の家の名が泣くというものだ」

「さすがは右京さまでございます」

おちかが心から感動した様子で言った。

「まあ、そうだな。この度の件は人の心を開かせなければならない。一見難しそうだが、やりようはあるだろう」

おちかはすぐにうなずいたが、右京は返事もせず、どことなく己の考えに沈んでいるふうだ。この件を引き受けることに賛同しておきながら、何が気にかかっているのだろう。

「どうかしたか」

左膳が声をかけると、右京ははっと我に返った。

「……いや、帝の御事《おんこと》を思い出していた。いかんな、別件の話の最中だというのに……」

いつになく、右京の声に自嘲の響きがこもっている。

「そんなことはない。京のことは我ら三人、誰にとっても始終忘れられぬことだ」

「………」

「吉乃の頼みごとがきっかけか」

だとすれば、右京は桃園《ももぞの》天皇とその養母、青綺門院《せいきもんいん》を連想したのだろう。

「帝は……青綺門院さまを本当に心からお慕いしておいでだった」

言葉を押し出すように語る右京に、左膳は「……うむ」とうなずくことしかできない。

帝は産みの親ではなく、青綺門院に養育されてきた。嫡母《ちゃくぼ》と乳母では立場が違うが、生母以外の女に育てられたという点では、吉乃と同じである。

帝は青綺門院を実の母として敬い、その間柄は世間から見て理想とされる母子のものであった。竹内式部《たけのうちしきぶ》をめぐる問題が表沙汰になる前までは――。

あの一件により、近習と引き離された帝は哀れであったが、その近習と敵対していた摂家側に立たねばならなかった青綺門院も哀れであった。日頃から青綺門院の御所に出入りしていた左膳にはそのことが分かる。

(あの時は、帝と徳大寺ら近習、対、摂家と青綺門院さま、という対立になってしまっていたからな)

結局は、近習と摂家の間に燻《くすぶ》っていた対立が、竹内式部という火種を得て燃え広がり、帝と青綺門院はそれに巻き込まれたようなものではないか。少なくとも左膳はそうとらえている。そして、青綺門院こそいちばんの犠牲者だと強く思っていた。だが、帝に仕えていた右京にしてみれば、帝こそが最も大きな傷を受けたお方と見えているのだろう。

「帝は青綺門院さまを本心から母君として敬っておられたが、その一方で、産みの親でないという事実も忘れておられなかったと思う。そのことが、常にお心の棘《とげ》となって引っかかっておられたのだ」

青綺門院に実子がいなければ、また違ったのだろうが、緋宮《あけのみや》という娘がいる。皇女であるため、皇太子とはならなかったが、もし青綺門院が皇子を産んでいれば、その子が即位していたはずだ。

桃園天皇はそれゆえに、青綺門院を失望させるわけにはいかない、と頑《かたく》なに思ってしまったのだろう、と右京は言う。万一にも、青綺門院に「緋宮が皇子であればよかった」などと考えてほしくない一心で、強く優れた君主になろうとした。

「言っても詮無《せんな》いことだと分かってはいるが……」

右京はほんの少しの間を置いた後、一気に言った。

「京のことが気にかかる」

「それは、私や周子殿も同じだ」

左膳に続けて、

「右京さまのお気持ち、よく分かります」

と、おちかが心をこめて告げた。

右京は左膳とおちかに目を戻し、「すまなかった」と小声で言う。

「今回の頼みごとの話を進めてくれ」

右京の表情も声もすでにいつもの調子に戻っていた。

「うむ。そうだな」

声の調子を変えて、左膳は軽やかに言う。

「我らは今、我らのできることをしよう。ここで、江戸の人々の信頼を得て、藻塩の動きをしかと封じる。そうすれば、我らが京へ戻る日も近付こうというものだ」

「ああ、その通りだ。私のせいで悪かったな、二人とも」

右京が軽く頭を下げた。

「と、とんでもないことでございます」

ふだんの右京からは考えられぬ態度に、おちかが慌てている。

「では、改めて二つの頼みごと、これらをどうこなしていくか、話し合おうではないか」

左膳は話を先へ進めた。

五

神田に根を張る丹次郎一家の跡取り、丹三は高下駄《たかげた》を踏み鳴らし、手下どもが調べ上げてきた吉乃の潜伏先へ向かっていた。

時は五月の半ば、雨のそぼ降る晩のことだ。

丹次郎一家の若い衆を十名、供に連れてきた。俠客一家同士の闘争ともなれば、こんな数では物足りないが、今回は俠客の威信をかけた争いではない。もともと丹三のものと決まっていた女を一人、奪《と》りに行くだけだ。

少女の頃は素直でかわいらしかった吉乃が、ようやく娘盛りになったかと思ったら、急に生意気なことを抜かし始めた。

(たかが、妾や餓鬼の一人や二人、何だってんだ。嫁の座はあいつのために、ちゃんと空けといてやったじゃねえか)

丹三は顔に降りかかる雨粒を袖で拭い、地面に唾を吐き出した。着物が水気を吸って重くなり、肌にまとわりつくのが不快である。

だが、この晩の決行を変える気はなかった。たかが雨ごときで予定を変えれば、手下どもから侮られるだろうし、雨の晩であれば、相手方も油断しているだろう。女を攫《さら》うだけなのだから、それで問題ない。

そもそも、この度のことは、ちょいとばかり吉乃が拗《す》ねてみせただけだろうに、あの興三郎が大騒ぎをして破談にまで話を持っていったことで、大ごとになった。

(あの野郎、一人娘だからって、甘やかしやがって)

自分の嫁にしたら、しっかりとしつけ直さねばなるまい。

丹三は吉乃の姿を思い浮かべ、ごくりと唾を呑んだ。

いい女になったと改めて思う。吉乃が嫁入りするまでの間に、妾は持ったが、吉乃とは比べものにならない。自分の嫁にして、将来、丹三一家となった時、手下どもに「姐《あね》さん」と呼ばせるのは吉乃と決めていたのに……。

(あの興三郎親分が、吉乃に婿を迎える話を進めやがった)

話を聞いた時には怒りを覚えたものだ。しかし、本気だとは思わなかった。

そもそも、興三郎一家は丹次郎一家より小さくて弱い。丹次郎一家では、丹三が吉乃を娶った後、興三郎一家を傘下《さんか》に収めるつもりであった。

だから、吉乃の新しい縁談といっても形だけのもので、丹三が「悪かった。どうか許して吉乃をくれ」と頭を下げるのを待っているのだろう、と――。

そんな恥ずかしい真似ができるか、と丹三は憤った。下手《したて》に出れば、吉乃と興三郎一家をつけ上がらせるだけだ。吉乃は亭主を尻に敷こうとするだろう。

こちらが動かなければ、あちらは音《ね》を上げ、吉乃の婿取りの話を取り下げるはずだ。そうなってから改めて、吉乃を嫁にと申し入れればいい。

そうして丹三自身が意地を張っているうちに、時は過ぎていき、吉乃の婿取りがなくなったという話はついぞ聞こえてこなかった。

祝言は夏の終わり――あとひと月ほどとなってしまい、さすがに丹三も焦りを覚えてきた。

興三郎の家では、吉乃と婿が暮らす別棟を増築しているともいう。こうなると、形ばかりの話とも思えない。

(吉乃は俺の女だ。他の男にゃ渡さねえ)

丹三は腰に佩《は》いた長脇差《ながどす》をぐいと握った。

この晩、吉乃を奪いに行くと決めたのは、とある告げ口がきっかけだった。

――興三郎一家の吉乃さん、祝言まで隠れ家に身を潜めるそうですぜ。若が攫いに来るんじゃねえかって、脅えてるみてえで。

丹次郎一家の若い衆、治郎吉《じろきち》が教えてくれたのだった。

何でも、治郎吉は近頃、水茶屋で知り合った若い娘といい仲になったらしいが、その娘がたまたま吉乃の知り合いだったのだ。よろず屋を営む浪人者の妹だとかで、たいそうな美人だと自慢された。

――わざわざ隠れ家って、若に攫ってくれって言ってるみてえなもんですよね。

けらけらと笑う治郎吉に、丹三も「まったくだ」と返した。脅えているのは、吉乃の婿にあてがわれた男だろう。源之助とかいう名だったか。

吉乃自身は丹三を待っているに決まっている。

治郎吉の女を通して知った占い師も、そう言っていた。

そうやって男の情の深さを確かめたいのだろう。まあ、そのくらいは女のお遊びに付き合ってやってもいい。こちらも妾を作った負い目がある。

だが、隠れ家に押しかけて、力ずくで奪ってやれば、その負い目も帳消しになるというものだ。

治郎吉が連れてきた占い師によれば、五月十六日の今晩が最も成功する見込みが高いとのこと。それを聞いて、丹三の心も決まった。

隠れ家の場所は、浅草の一軒家。吉乃の母の実家から興三郎に譲られた家だとかで、今は空き家になっているらしい。

――興三郎一家の見張り役は五人ほどでしたぜ。

治郎吉が直に確かめてきて報告を上げてきた。

ならば、こちらは十人も連れていけば、何とかなる。

(待っていろよ、吉乃)

丹三は自らの計画の成功を、まったく疑っていなかった。


同じ晩、丹三が向かっている当の家では、吉乃が乳母であるお松と一緒に茶を飲んでいた。茶請けには、昼間のうちにお松が浅草の菓子屋で買ってきてくれた吉野《よしの》羹《かん》が載っている。

「本当に美味しいわ。私はお菓子の中で、これがいちばん好き」

吉乃はにこにこしながら、葛《くず》と寒天で作られたぷるぷるの吉野羹に黒文字を入れた。お松がほほっと小さく声を立てて笑う。

「お嬢さまは毎年、夏を心待ちにしておられますものね」

「そうよ。お菓子屋さんも一年中、吉野羹を出してくれればいいのに、夏しか食べられないなんて、まったく理不尽だわ」

「そのように頰を膨らませて。間もなく祝言を挙げようというお方のすることではありませんよ」

お松が柔らかな声でたしなめる。

「私だって場はわきまえているわ。お松だから安心して素でいられるのよ」

吉乃は顔をほころばせ、お松は少し困った様子でそっと目を伏せる。

（やはり……）

吉乃は顔に出ないよう注意しながら、心の中でひそかに溜息を漏らした。

お松は何かを自分に隠している。打ち明ければ、自分が反対せずにいられないようなことを——。

吉乃がお松への信頼や安心感を口にした時、目をそらしたのは、その信頼が損なわれるようなことを胸に秘めているから。

お松はやはり、吉乃のもとから去ることを考えているのだろう。吉乃が祝言を挙げるまではと、さまざまなことを呑み込んできたお松にとって、それが己の人生を見つめ直すきっかけになったのだろうとは理解できる。

本当は、父が吉乃の叔母を後添いに迎えた時、お松はいたたまれなかったはずだ。出ていこうと考えなかったわけはなかろう。それでも留まってくれたのは、ただひとえに自分のためだ。吉乃が継母のもとで嫌な思いをさせられるのではないかと案じ、吉乃を守るためだけに残ってくれた。

（私が行かないで、と言ってしまったから）

もしあの時、お松が自分のもとを去っていたなら、その後、誰かと夫婦になる道だって開けたかもしれないのに……。

お松に対してすまないことをしたという気持ちはある。だが、それでもお松に育ててもらえて、自分は仕合せだった。だから、これからは娘が母に対してするように、孝養を尽くしたいと思うのに、それを言っても、お松は断じて受け容れないだろう。自分は乳母に過ぎない、これから興三郎一家を率いる立場の吉乃が雇い人に過ぎない女を敬うようなことをしてはならないと言って。挙句、自分が吉乃のそばにいるのがいけないのだと、出ていってしまうに違いない。

いや、吉乃が思いを口にしなくとも、大方それを察し、祝言の後、黙って姿を消そうとするのではないか。お松はそういう女だった。

（いったい、どうすればお松の気持ちを変えることができるのか）

思い余って、よろず屋玄武に頼みに行った。よろず屋の旦那とその妹は話を真剣に聞き、後日、依頼を引き受けると言ってくれた。

正直なところ、引き受けてくれるとは思っていなかったので、吉乃は驚いたものだ。そもそも、他人にどうにかしてもらえるような話ではない。それでも、じっとしていられず、誰か口の堅い人に話を聞いてもらいたいという思いに引きずられるように、読売屋の小五郎が持ちかけてきた話に乗ってしまった。

引き受けるといっても、何をどうしてくれるのか、そこまでは話してもらえなかった。ただ、いくつか手はずを整えてもらいたいことがあると言われ、一も二もなく吉乃は承知した。

そのよろず屋から注文されたのは、祝言までの間、今の家を出て、お松と一緒に別の家へ移ってほしいということであった。そこで祝言までの日々をお松と一緒に静かに過ごしたいと父に告げたら、快く浅草の空き家を使わせてくれた。

――吉乃さんとお松さんのことは、私と源之助さんが交代でお守りいたします。

よろず屋の旦那はそう言った。源之助とは話をつけてくれたようだ。

その後、どうやら丹次郎一家の馬鹿息子がよからぬことを企んでいそうだというので警固《けいご》の人数は増やされたが、それによろず屋が関わっているのかどうかは知らない。

吉乃としてはお松と水入らずでゆっくり過ごすことができるのは、ただただありがたかった。お松の表情も心なしか明るい。

(こんなふうに、これからもずっとお松と一緒に過ごしていきたい)

吉乃はその思いを嚙み締めていた。

「お嬢さん、お松さん、失礼します」

吉乃が吉野羹を前に物思いにふけっていた時、襖の向こうから男の声がかかった。吉乃たちが過ごす場所まで姿を見せるのは、源之助とよろず屋玄武の主人だけである。

声は源之助のものであった。吉乃は表情を取り繕い、

「入っていいわ」

と、声をかけた。

襖が静かに開き、源之助が厳《いか》つい顔を見せる。

「こんばんは、源之助さん」

お松がいつもと変わりない様子で挨拶した。

「へえ、お嬢さんもお松さんもお変わりないようで」

「お変わりも何も、今朝顔を合わせたじゃないの」

源之助の大袈裟な物言いにあきれて言うと、

「へえ。今朝から今の今まで、何事もなくてよかったということで」

と、大真面目に返事をしてきた。いったい、半日でどんな大事件が起こるというのか。もう返事もしないでいたら、

「まあまあ、源之助さんの分のお菓子もありますよ。こちらで召し上がれ」

お松が代わりに源之助に優しく声をかける。

「用意してきますね」

立ち上がろうとするお松に、「ありがとうさんです」と源之助が頭を下げた。

「そんな言い方しないで。もうすぐお嬢さまの旦那さまになるお方じゃありませんか」

お松の言葉に、少し照れた様子で顔をこすった源之助は、

「これからはおっ母さんと思って、孝養を尽くさせてもらいますんで」

と、照れながらも真面目に言った。

吉乃は頭をがつんと殴られたような衝撃を覚えた。

吉乃が口にしたいと望み、どうしても言うことのできなかったその言葉——それを源之助はいとも容易《たやす》く口にする。鋭いのか鈍いのか、まったくわけが分から

ない。

だが、このわけの分からぬ奥深さこそが源之助という男の魅力なのだと、吉乃は分かっていた。

「私が取ってくるわ」

吉乃がつんとした口調で言うと、「あらあら」とお松が微笑し、源之助は「お嬢さんに用意させるくらいなら俺が取ってきます」と辻褄《つじつま》が合わないことを言い出した。

「お前に食べてもらおうって話なのに、どうしてお前が取ってくることになるのよ」

「まあまあ、女房になろうという人の言葉は黙って聞くのが男ってものです」

お松が源之助に笑いながら言った。それから、その笑顔を吉乃に向けると、

「それじゃあ、源之助さんの分はお嬢さまにお任せしましょうか」と言う。微笑ましいものを見ている、と言いたげなお松の眼差しがきまり悪い。吉乃は立ち上がり、源之助の脇を通り抜けて廊下へ出た。

台所へ行き、吉野羹と茶の用意を調え、再び居間へ取って返す。

お松と源之助はどんな話をしているのだろうと思いながら、吉乃は盆を手に廊

下を歩き出した。その時、外の方から声と物音が聞こえたような気がした。

（そういえば、源之助が戻ってきたということは、今夜の警固役も源之助なのかしら）

夜の警固役には、源之助かよろず屋の旦那のどちらかが必ずつくと聞かされている。源之助がいるということは、よろず屋の旦那は帰ったということか。

そんなことを思っていると、今度は外で先ほどよりも大きな声がした。

警固役の若い衆に何かあったのかと思い、吉乃は台所に取って返すと、裏口から庭へ出た。

「あっ」

釣り行灯の薄暗い火を、何振《ふり》かの刀の刃が照り返す。

小雨の中、刀を抜いているのは、数名の見知らぬ男たちだった。そして、彼らに囲まれた上背のある男は、よろず屋の主だ。旦那も刀を抜き放っていた。

浪人者だと聞いてはいたが、抜き身の刀を手にした姿はさまになっている。

「五行星辰剣《ごぎょうせいしんけん》、流水桜《りゅうすいざくら》」

よろず屋の主の口から声が放たれ、それに合わせて手にした刃が虚空を駆けた。

流水紋を描くように、よろず屋の主の刃が滑らかに動く。釣り行灯の火を照り返す度、そこから緋色の花弁が小雨と共に舞い散った。

（なんて美しい……）

刀をふるう男たちを見るのは初めてではない。だが、かつてこれほど美しい刀さばきを目にしたことはなかった。

そして、吉乃が息を呑んだ一瞬の後――。

刀の軌跡にいた男たちの刀は、弾《はじ》かれるか飛ばされるかしていた。よろず屋の主は刀を構えていた場所から、二間《にけん》（約三・六メートル）も先の場所に移動している。

「すぐにお逃げなさい」

よろず屋の主が振り返らずに叫んだ。

吉乃は我に返った。旦那の刀さばきに見惚れている場合ではない。

源之助はともかく、お松は身を守る術を持たないのだから。

吉乃はすぐに裏口から中へ引き返し、先ほどの部屋へ飛び込んだ。

「男たちが襲ってきた。外でよろず屋の旦那が戦ってる」

源之助とお松が顔色を変えた。源之助は脇に置いていた刀をすばやく手に取る。

「表から逃げましょう」

三人で表の玄関へ抜けようと廊下へ出た時、お松の悲鳴が聞こえた。後方にいたお松が裏口から乗り込んできた男に捕らわれたのだ。

「お松っ！」

吉乃は手を伸ばした。その時、お松に手を出した男がかつての許婚、丹三であることに気づいた。

あのたわけが、よくもお松に――。

丹三がにやりと笑った。お松を捕らえていた手を離し、吉乃の手首を捕らえようとする。その時、吉乃の体はどんと押し返された。

「逃げなさい」

お松の必死の表情が目に飛び込んでくる。吉乃の心に迷いが生じた。お松の必死の思いを台無しにしたくないという気持ちと、お松を見捨てることなんて、絶対にできないという気持ち。

「吉乃っ！」

お松の厳しい声が飛んできた。

迷いを見抜かれたのか。これまで一度として、吉乃を呼び捨てにしたことのないお松が「吉乃」と呼んでくれた。まるで母親のように――。

こんな時ではあったが、胸が熱くなる。

「おっ母さんを――」

その呼び方は当たり前のように口から飛び出してきた。

「置いて逃げるなんてできるもんかっ！」

吉乃は足を踏ん張り、再びお松に駆け寄ろうとした。それを見たお松が丹三の動きを封じようと、必死にその腕にかじりつく。「ちっ」という舌打ちと共に、丹三がお松を乱暴に振り払った。吉乃の手がお松に届く前に、お松の体は横へ吹っ飛ばされて、廊下の壁に叩きつけられた。

その直後、吉乃は丹三の腕に捕らわれてしまった。

「お嬢さん！」

源之助が刀を抜いていた。だが、この狭い廊下で、思うように斬りかかることもできないでいる。

苦痛にゆがんだ源之助の表情が、吉乃の胸を打つ。

吉乃は肘を曲げて腕に力をこめると、勢いをつけて丹三の体を突いた。

「うっ」

と、呻く声が上がった瞬間、吉乃を捕らえる丹三の腕の力がかすかに弱まる。

その隙を逃さず、吉乃は丹三の腕から逃れた。

「源之助！」

「へい」

源之助は吉乃の声に応じて、丹三に殴りかかる。後ろにひっくり返った丹三に馬乗りになった源之助は、反撃させずに丹三をぶちのめした。

「てめえ、よくもお嬢さんとお松さんに手を上げたな」

源之助が丹三に言った時、裏口の方から白い影がやって来るのが見えた。よろず屋の主だ。

「おたくの仲間はすべて叩きのめしましたよ」

涼やかな主の声に対し、丹三の口から、ひいっという情けない声が上がった。

丹三は源之助を突き飛ばすなり、転がるように裏口へ逃げ去っていく。

「この野郎！」

源之助が声を上げたが、「追わなくていいわ」と吉乃は声をかけた。

「……へえ」

源之助は決して逆らわない。吉乃に向けられたその眼差しが少し複雑そうだった。

相手が吉乃の元許婚なのだから、仕方ないかもしれない。

「あんな男、お前がまともに相手してやる値打ち、ないわ」

吉乃は不敵に微笑みかける。

「私が惚れたのは、あんな奴よりもっと器の大きな男でしょ？」

源之助ははっとした様子で、目を大きく見開いた。少し長すぎるのではないかという沈黙の後、

「精進します」

という真面目な応《いら》えが返ってきた。

やはりこの男は奥が深いと、吉乃は思った。

六

やがて暦は六月を迎えた。半ばを過ぎれば、吉乃と源之助の祝言の日が控えている。浅草の隠れ家を襲撃されて以降、丹次郎一家との間に揉め事は起こっていなかった。

「よろず屋の旦那の見事な刀さばきに、すっかり度肝を抜かれたんでしょう」

六月の初め、礼金を払いに店へ訪れた吉乃は、そう言って左膳に艶《あで》やかな笑みを浮かべてみせた。

「実は、祝言の席では、お松が私の母代わりとして、その席に座ってくれることになったんです」

続けて、吉乃は晴れやかな表情になって言う。

「まさか、本当におっ母さんと呼べるお立場におなりになったんですか」

それはつまり、お松が吉乃の父興三郎の後添いになるということだが、そうではないと吉乃は微笑んだ。吉乃の目から見て、お松はかつてそれを望んでいるように見えたとのことだが……。

「父もお松も、もう立場の何のという年でもないんでしょう。でも、父の方からお松に言ったんですよ。私の祝言の席では、私の母として列席してくれないかって。一家の皆を集めた宴の席は、うちの奉公人たちも交えての無礼講なんですけど、祝言の席は限られた者だけですし、お松は顔を出すつもりはなかったんです。でも、父がね、『吉乃のために出てやってくれ』ってお松に頭を下げたんですよ」

「それだけ、吉乃さんのお父さんはお松さんに感謝していたということですね。吉乃さんとお松さんの絆の深さも、しっかり分かってくださっていたということなのでしょう」

しみじみ言う左膳の言葉に、吉乃はうなずいた。

「お松は芯が強くて、遠慮深い気質なもので、初めは承知しなかったんですけれどね。父がさらにもう一押し、『これからもここにいて、娘を嫁がせた年寄りの話し相手になってくれ』って言ったら、お松は涙ぐんじまったらしくて。まあ、そういったことを経て、お松も祝言の席に着いてくれることになりました」

「お松さんのこと、これからどうお呼びなさるんで？」

左膳の問いかけに、吉乃はふふっと笑い声を漏らした。

「同じですよ。父と一緒になるなんて話になれば別ですけれど、そうはならないでしょうからね」

「おっ母さんと呼べなくて寂しいですか」

「いいえ。あの時、一度でもそう呼べて十分」

吉乃は満足そうに微笑む。

「お松から吉乃と呼び捨てにされた時、お松の気持ちも私と同じだったと気づいたんです。すると、身構えることもなく自然に、おっ母さん、と――。あの時のことはお松とはまったく話をしていないんです。まるで何もなかったかのように過ごしていますけれど」

「言葉にしなくても、お互いに分かり合えているということなのでしょうね」

「ところで」

と、吉乃は顔から笑みを消し、左膳を見据えてきた。

「よろず屋の旦那は私の無茶な頼みを聞いてくださいましたが、私を呼び捨てにするよう、お松に強《し》いたわけじゃありませんよね」

「当たり前ですよ。お松さんがそんなことを承知しますか」

「ええ。お松が承知しないことは、私がいちばんよく分かっています。そもそも、仮にお松が承知したからといって、私がお松をおっ母さんと呼ぶかどうかは分からない」

「その通りです。今回のことはまったくのたまたま。だから、そのお代をいただこうとは思っちゃいません。浅草のお宅での用心棒の代金だけでけっこうですよ」

「何をおっしゃいます」

吉乃の眼差しが厳しいものになった。

「たまたまだったとしても、それを引き寄せたのは旦那のお力。用心棒のお代とは別に、一貫文はお支払いさせてもらいます」

そう言って、吉乃は用意してきた金を差し出した。

「もっとも、たまたまなどではなかったんじゃないかと、私は思っていますがね」

探るような吉乃の目から逃れるように、左膳は金を数え始める。

「確かに、頂戴しました。ありがとうございます」

左膳が商い用の笑顔を見せた時、吉乃の表情も来た時のさわやかなものに戻っていた。

「祝言の日の宴には、お三方おそろいでぜひお越しください」

吉乃は最後にそう言い残して帰っていった。


そして、六月二十日、晴れの祝言の日。

左膳と右京、おちかは宴の席に招かれたのだが、さらにもう一匹――。何と、亀の玄武丸も宴に加わることになってしまった。

「この度のことがうまくいったのは、すべてよろず屋玄武さんのお蔭。そこで飼われている亀とくりゃ、縁起がいいこと間違いなしってもんでしょう。まして、亀は長寿で知られる生き物なんですから」

と、源之助が熱心に頼み込んできたのである。しかも、玄武丸は前日から当日まで責任を持って預かり、送迎のために若い衆までつけると言う。食べ物にも気を配り、決してお亀さまに不満は抱かせないと懸命に言うので、

「そこまで気をつかっていただかなくても、玄武丸は大らかな亀ですよ」

と、左膳は申し出を承知した。

祝言の前日、玄武丸は興三郎一家の若い衆二人によって、箱に入れられ、丁重に神田へと持ち運ばれた。当日の宴の席では、花婿と花嫁の近くに、特別な膳を設《しつら》えられ、そこで主に胡瓜を貪《むさぼ》り食っている。

婚儀を終えてから宴の席に現れた吉乃は色直し後の紅地の衣装に身を包んでいた。帯より下の部分は白い牡丹《ぼたん》と笹の文様で彩られ、華やかな顔立ちの吉乃によく似合っている。

「吉乃さん、なんてきれいなの」

おちかがうっとりと呟くほど、吉乃の晴れ姿は凜々《りり》しく、麗《うるわ》しかった。羽織に袴という出で立ちの源之助は、格好はなかなか立派だが、厳つい顔がすっかり緩《ゆる》んで別人のような趣《おもむき》である。

「源之助さん、うちへ頼みごとに来た時の面影は見られませんね」

おちかの小声の呟きに、「まったくだな」と左膳も続いた。

「まあ、懸念《けねん》していたことがまったく杞憂《きゆう》だと分かったわけだからな。喜びもひとしおだろう」

そう言いながら、花嫁の近くに座っているお松の顔をそっと見やれば、これ以上の喜びはないという表情に見えた。だが、それは時折、嬉し涙の泣き顔に変わる。その度に花嫁とその父親から何がしかの言葉をかけられ、お松はいっそう涙に暮れる——そういうことをくり返していた。

宴の席は和《なご》やかに始まり、徐々に盛り上がっていく。

「今のところ、何もありませんね」

右京が盃を傾けつつ、左膳に耳打ちしてきた。その目は抜かりなく、宴の席に着いている人々や出入りする女中たちに向けられている。

宴を楽しむ一方で、用心しているのは左膳も同じだった。万が一にも、あの丹次郎一家が乗り込んでこないとも限らないのだ。

「このまま無事に終わればいいが……」

左膳はすでに盃を伏せていたが、右京は注がれるままに酒を呷り続けている。

どれだけ飲んでもまったく酔わない右京の体質は、左膳も知っていた。

「無事には……終わらぬようですよ」

右京が言いながら、おもむろに立ち上がる。その時には、左膳も近付く足音や物音を聞きつけ、立ち上がっていた。

周りの男たちはまだ何も気づかず、左膳と右京にきょとんとした目を向けてくる。

「源之助さん、花嫁とお松さんを奥へ！」

左膳が叫んだのを機に、宴の席は騒然となった。「おちか、刀を」と続けた時にはもう、おちかは走り出している。宴の席に、誰も刀を持ち込んではいなかった。

「来るぞ、庭からだ」

右京の言葉に、左膳は座敷に面した庭に跳び下りた。

この庭には大きな池が設えられており、錦鯉が泳いでいる。その南側には、梅や棗《なつめ》などあまり高くない木々が配され、手入れも行き届いていた。また、端の方には、立葵《たちあおい》が薄紅や白、紫の花を咲かせ、晴れの日に彩りを添えているようだ。その美しい庭先へ、どかどかと耳障りな音を立てながら押し入ってきたのは、案の定、丹三を先頭に押し立てた十人ほどの俠客であった。

「おい、吉乃はどこだ」

丹三が仁王立ちになって怒号《どごう》した。

その目が縁側を背にして立つ左膳へと向けられる。

「てめえは……」

丹三の目が一瞬で怒りに燃え上がる。左膳が丸腰であるのを見抜くと、その顔に冷酷な笑みが浮かび上がった。

「お前ら、ここの連中を始末しろ。俺は吉乃を迎えに行く」

丹三が手下どもに命じると、そうはさせるかとばかりに、興三郎一家の連中が我先にと庭に跳び下りてきて、あちこちで乱闘が始まった。

丹三はそれには加わらず、踵《きびす》を返そうとする。すでに吉乃がいないことを見定め、別の出入り口から中へ入り込むつもりのようだ。

左膳が足止めに動こうとしたその時、

「兄さまっ！」

おちかが庭に駆け下りてきた。

「よくやった」

おちかが持ってきた刀を受け取るや、左膳はすばやく鞘を払う。

「五行星辰剣、火焔《かえん》……」

刀を構えたその時、「待て」と右京の声がした。動きを止めた左膳の耳に厳かに流れ込んできたものは……。

ノウマクサンマンダ、バザラダンカン

不動明王《ふどうみようおう》の真言《しんごん》――。右京が敵を金縛りにかける術をかけたのだ。

その瞬間、丹次郎一家の男たちの足は地に縫い付けられた。

「な、なにが……」

「足が……動かねえ!」

男たちの口から驚愕《きようがく》と恐怖の声が上がる。左膳は刀を構え直すと、端から順に峰打ちで仕留めていった。流れるような剣さばきに、男たちが次々に倒れていく。

「何が起こった」

「まだ酔いが醒《さ》めてねえのか」

興三郎一家の面々は口々に呟きながら、目をこすっている。

最後の一人となった丹三が、「ぐわっ」と苦悶《くもん》の声を上げながら地に倒れ込んだその時、

「御用である。神妙にいたせ」

と、十手《じって》を持った同心と岡っ引きたちが数人、一斉に庭に踏み込んできた。ならず者たちが呻き声を上げる姿に、目を見開いている。

「丹次郎一家の連中だな。おぬしらは招かれた客ではあるまい。すべて捕らえて連れていけ」

同心の指示に従い、岡っ引きたちが倒れている男たちに縄をかけて連れ出していく。

踏み込んできた役人たちの後方に、左膳も見知った男が二人いた。

「山村さま、それに小五郎さん」

左膳は刀を鞘に収めると、二人のもとへ向かった。

「これは、亭主がすべて一人でやったのか。いったい、何という流派の剣を修めているのだ」

山村数馬がこれまでにない熱心さで尋ねてくる。

「いいえ、世間の方に知られている剣法ではございませんので。それに、これは右

京が修めた陰陽道の術の力を借りたまでのこと」

「ほほう、右京の、とな」

山村の眼差しが興味深そうに右京へと流れていった。目の合った右京が迷惑そうな様子を隠しもせず、皆の方へ近付いてきた。

「山村さまこそ、どうなさったのです。奉行所のお役に就いておられるわけじゃありませんよね」

右京から先に問われ、山村は「うっ」と口ごもった。

「私は義父に言われ、様子を見に来ただけだ。義父は北町奉行なのでな」

「何と、お奉行さまのお婿さまでございましたか」

嬉々とした声を上げたのは、傍らの読売屋の主人、小五郎であった。

「それにしても、山村さまと小五郎さんがどうしてご一緒に?」

「一緒に来たのではない。こやつが付きまとってきたのだ」

もともと今日の祝言の席では何かあるだろうと、近くへやって来た小五郎は丹三たちの集団を見て、大騒動が起こると推測した。しかし、まさか丹三たちに付いていくわけにもいかない。どうしたものかと思っていたところ、同心らの一行を見て捕り物になると確信。一見して身分がありそうなのに、同心らを率いるわけでもない山村には何かがあると直感したという。

「怪我をしても知らぬぞと脅しても、すっぽんのように付いて離れぬ」

辟易《へきえき》した様子で言う山村に、へへへっと小五郎は愛想笑いを漏らした。

「お奉行さまのお婿さまと聞いたからにゃ、これからも張り付かせていただきやすんで」

小五郎はそれから改めて右京へ目を向けた。

「それで、右京さん。どうやって、あの俠客どもをやっつけたのか、そこんところをくわしくお聞かせください。右京さんの活躍ぶりはもちろん、よろず屋玄武さんの名前もしっかり読売に書かせていただきますよ」

「そこはおたくの見たままに書けばいいでしょう」

右京は冷たく言い放った。

「見たまま、と言われましても、あっしが見たのは地べたに這いつくばってる丹次郎一家の連中だけなんですよ」

「だから、それを書けばいい。主人や私が何をしたのか細かく書くのは、手妻《てづま》の種明かしをするようなもの。興《きょう》がそがれますよ」

「けど……」

なおも右京に食いつこうとする小五郎を、左膳は「まあまあ」となだめた。

「秘すれば花、とも言うじゃありませんか。今日のところは、小五郎さんの見たものをそのまま書けば、それだけで迫力のある読み物になると思いますよ」

「まあ、旦那がそうおっしゃるんなら、今日のところは引き下がりますがね。これからも面白おかしい話の種は、うちへ回してくださいよ」

渋々ながら小五郎は納得し、同心が山村に軽く会釈して去っていった後に続いて、二人も帰っていった。


宴は完全に中断してしまったが、幸い部屋の中はまったく荒らされずに済んだ。亀の玄武丸は主役たちがいなくなった席の傍らで、我関せずと言わんばかりの顔で今も胡瓜を食っている。

吉乃とお松、それに興三郎は源之助に守られる形で、早いうちに奥へと引き揚げており、やがて源之助一人が戻ってきた。

「いや、よろず屋玄武の皆さんにはご迷惑をおかけしたばかりか、助けていただきまして。まことに恐れ入った次第でございます」

源之助は左膳たちの前に正座し、深々と頭を下げた。

「親父さんとお嬢さんからも、くれぐれもよろしくと申しつかっております。お松さんが少し疲れてしまったようなので、今日はこのまま失礼しますが……」

左膳は源之助に顔を上げるように言い、自分たちも今日はここで失礼すると告げた。

「今日はおめでたい席にお招きくださり、ありがとうございました。どうぞ、末永くお二人でよい時をお過ごしください」

左膳に続いて頭を下げたおちかは、「源之助さん」と少しからかうような声で呼びかける。

「吉乃さんはもう『お嬢さん』じゃないでしょう?」

「いや、まあ、その、そうなんですな」

強張っていた源之助の表情が、騒動の起こる前のように柔らかくなった。その顔に浮かんだ照れくさそうな笑みを見届け、左膳たち三人は帰路に就いた。

「まあ、いろいろあったけれど、源之助さんと吉乃さん、それに何よりお松さんの嬉しそうなお顔が見られてよかったな」

帰り道、左膳がふと呟くと、

「吉乃さんにとっては、それこそが何よりの祝いだったでしょうね」

と、おちかがしみじみ言う。

「それにしても、あの丹三という輩《やから》は予想に違《たが》わず、愚かな行動を取りましたね」

右京が淡々と言った。

「しかし、お前とおちかの顔を、あの連中に見られてしまったな。気づかれただろう」

丹次郎一家の治郎吉という男に、おちかが取り入り、右京を占い師として丹三に引き合わせたのだ。かつて丹三が浅草の家に吉乃を攫《さら》いに行ったのは、その占いに従ってのことだし、いいように躍らされたことにはもう気づいているだろう。

「まあ、愚か者に気づかれたところで、どうということはありませんが」

と、右京はまったく動じていない。

「あたしも平気。治郎吉はもう袖にしたし」

おちかもどこ吹く風である。

「しかし、あの手の輩からしつこく絡まれるのは厄介だぞ」

「お縄にもなったことですし、しばらくは役人の目も光っているでしょう。それに、いざという時には源之助さんが放ってはおかないのでは？」

確かに右京の言う通り、源之助も吉乃も左膳たちに多大な恩を感じてくれているようだ。丹次郎一家がよろず屋玄武に手を出そうとするのを黙って見過ごすとは思えない。

「まあ、二人とも用心だけは怠るな」

左膳は二人に忠告したが、あの手の輩に二人がしてやられるなどと本気で心配しているわけではない。

「ところで」

左膳は右京に目を向けた。

「先ほど、術で私を助けてくれたのはなぜだ。私があの連中を倒せないとでも？」

「まさか。むしろ逆ですよ。あの程度の輩に、五行星辰剣の秘技をそう何度も見せてやることはありますまい」

右京の言葉に「そうそう」とおちかがうなずいた。

「兄さまの剣はここぞという時に使わなくっちゃ。まあ、ちょっと見てみたかった気もするけれど」

おちかが左膳を見上げてくる。兄を信頼している、少し生意気な妹の眼差しだ。

「機会はこれからいくらでもありますよ、おちかお嬢さん。それより、ご主人の剣さばきは今後、よろず屋玄武の評判を高めてくれるもの。売り込み方はよくよく考えねばなりませんね」

「そりゃあ、小五郎さんの読売を利用するんでしょ？」

右京とおちかが左膳の剣の腕をどう広めていくか、相談し始めた。それを聞き流しながら、

「下手に評判ばかりが高まっても困るがな」

と、左膳は呟いた。何しろ、自分たちの本当の素性は知られるわけにはいかないのだ。

「それも一理ありますが、隠してばかりもよくありません。ご主人の腕が世間に知られれば、よろず屋玄武への頼みごとも増えることでしょう。そうなれば、いずれは――」

その中に、本来の標的とつながるものも現れるだろう。今のところ、柳荘との細いつながりはあるものの、信頼を得るには至っていない。

右京の眼差しの中に、窺見としての本音を読み取り、左膳は「そうだな」とうなずいた。

ふと空を見上げると、まぶしい陽射しが目に射し込んでくる。それを片手で遮りつつ、左膳は西の彼方《かなた》へと目をやった。

その先にあるのは、懐かしい京。

そこに住まう慕わしい人の面影を胸に思い描きながら、左膳は二人に気づかれぬよう、小さく息を吐いた。

同じ年の初秋、京の女院御所――。

その主である青綺門院のもとへ、ただ一人の実子である緋宮智子《としこ》内親王が呼び出された。

「お母《たあ》さま、お疲れのご様子」

緋宮は青綺門院の顔色が芳《かんば》しくないことに気づいて、いたわりの言葉をかける。青綺門院の悩みの深さは知らぬわけでもない。

数年前に発覚した竹内式部にまつわる事件で、近習たちを失った帝がその憤りを鎮めることができないでいるのだ。帝にとっては、近習以外の者すべて――摂家も青綺門院も実母の大典侍もまた寵愛《ちょうあい》の女人たちも、皆が敵に見えてしまうのだろう。実際、あの時、摂家はすべてを自分たちの味方につけ、帝の近習を追い詰めた。

（あの時、帝は信じていた桂木右京にも——）

背を向けられたと思っているのではないか。

右京の行動も、そして青綺門院があの時に下した判断も、すべては帝を守るためであったというのに……。

帝と青綺門院のこじれた仲は、今も改善していない。

「わたくしの身を案じるには及びませぬ」

青綺門院は気丈に告げた。

「今日、そなたを呼んだのは、いざという時に覚悟してもらわなければならぬと伝えるためです」

「いざという時とは……」

聞きたくないという気持ちがどうしても湧いて出たが、帝の一族として、それを顔に出すわけにはいかなかった。

「わたくしに何かあった時」

青綺門院は落ち着いた声で淡々と告げた。

「高階家と桂木家、両家への命令権をそなたに譲ります」

緋宮は息を呑んだ。

返事をすることはできなかった。

「その意とするところは、お分かりですね」

「…………」

「高階左膳が白い亀を見つけて、そなたに献上したあの時から、そなたの宿命は決まっていたのでしょう」

青綺門院の眼差しが一瞬、いたわるような、哀れむような、名状《めいじょう》しがたい色を帯びた。だが、それは本当に瞬きするほどの短さで消えてしまい、後にはそれまでと同じ気丈な女院としての厳しい色だけが宿っている。

「霊亀《れいき》……」

青綺門院はぽつりと呟いた。

「遠い昔の霊亀の御世に従われませ」

霊亀とは、都が奈良にあった頃、瑞亀《ずいき》が発見、献上されたことにより改元されて、新たに定められた元号だ。瑞亀が現れたのは、元正《げんしょう》天皇の即位を祝してのことだったと言われている。

元正天皇は女帝であった。

夫を持たぬ身で即位し、生涯独り身を通した初めての女帝。そして、その貴い御身を守るため、朝廷が窺見の家を作ったのも、まさにこの時であった。

この元正天皇が先例となり、以後、即位した二人の女帝は共に独り身で生涯を終えている。

（わたくしは……）

口を開かねばと思うのに、声が出てこない。

緋宮は最後まで返事をすることができなかった。

【引用和歌一覧】

今はただ思ひたえなむとばかりを　人づてならで言ふよしもがな（藤原道雅『後拾遺和歌集』）

月やあらぬ春や昔の春ならぬ　わが身ひとつはもとの身にして（在原業平『古今和歌集』）

いへば世の常のこととや思ふらむ　我はたぐひもあらじと思ふに（源重之女『玉葉和歌集』）

光文社文庫

文庫書下ろし／長編時代小説

女《によ》院《いん》の密《みつ》命《めい》　緋桜《ひざくら》左膳《さぜん》よろず屋草紙《ぞうし》（一）

著者　篠《しの》　綾《あや》　子《こ》

2024年11月20日　初版1刷発行

発行者　三　宅　貴　久
印　刷　新　藤　慶　昌　堂
製　本　ナショナル製本

発行所　株式会社　光　文　社
〒112-8011　東京都文京区音羽1-16-6
電話（03）5395-8147　編　集　部
8116　書籍販売部
8125　制　作　部

ISBN978-4-334-10500-6　Printed in Japan

組版　萩原印刷